Päivä päivältä paremmin

Anne Kotokorpi

Päivä päivältä paremmin

Kustantaja: BoD · Books on Demand,
Mannerheimintie 12 B, 00100 Helsinki,
bod@bod.fi
Kirjapaino: Libri Plureos GmbH,
Friedensallee 273, 22763 Hampuri, Saksa

ISBN: 978-952-80-7283-6

Lupauksia, lupauksia

Paukkupakkanen taisi hillitä uudenvuoden juhlijoita, koska niin vähän viuhui raketteja ilmassa. Muutamaa vaisua värijuovaa tummalla taivaalla ei voinut hyvällä tahdollakaan kutsua ilotulitukseksi. Sanna katseli ulos pienen yksiönsä ikkunasta ja tunsi olonsa apeaksi. Kynttilän haalea valo lepatti pimeässä huoneessa luoden aavemaisia varjoja seinille. Kohta oli keskiyö. Huomenna kaverit kyselisivät "mitä teit eilen?" Facebook täyttyisi juhlivien ihmisten iloisista kuvista. Sannalla ei olisi mitään raportoitavaa. Hän oli kököttänyt viikonlopun yksin, surullisena, lähinnä säälien itseään. Mennyt vuosi ei ollut Sannalle paras mahdollinen. Oikeastaan se oli ollut aivan hirveä. Kesällä oli päättynyt pari vuotta kestänyt parisuhde. Mies oli löytänyt toisen. Suhde oli tullut Sannalle täytenä yllätyksenä, mikä oli vain lisännyt tuskaa. Mies oli onneksi muuttanut ulkomaille uuden naisensa kanssa. Toipuminen oli kuitenkin ollut hidasta. Kavereiden sitkeistä pyynnöistä huolimatta Sannaa ei huvittanut lähteä ulos, ei ravintoloihin, elokuviin, tanssimaan. Nettitreffejä hän kammoksui yli kaiken.

Lokakuussa Sanna oli menettänyt työpaikkansa. Yhtiössä oli yt:t ja kuinka ollakaan, "viimeksi sisään, ensimmäisenä ulos": Sanna löysi itsensä irtisanottujen joukosta. Tylsä työ toimistossa ei ollut mikään toiveiden täyttymys, mutta säännöllinen palkka motivoi. Jo muutamat viikot työttömänä olivat riittäneet osoittamaan, että ilman rahaa oli vaikeaa tulla toimeen.

Saadakseen joulukuun vuokran maksuun Sanna oli vienyt isomummulta saamansa korun panttilainaamoon. Raskain sydämin hän oli jättänyt kauniin timanttiriipuksensa liikkeeseen. Hänellä oli neljä kuukautta aikaa saada jostain viisisataa, jotta voisi vielä lunastaa sen takaisin. Sanna ei ollut uskaltanut kertoa perheelleen rahahuolistaan. Hän aikoi hommata rahat koruun keinolla millä hyvänsä ennen maaliskuun loppua.

Kauhein koettelemus oli hänen rakkaan kissansa kuolema ennen joulua. Hessu oli jo 16 vuotta kulkenut Sannan rinnalla ja nyt se oli poissa. Eläinrakkaana ihmisenä Sanna harkitsi hetken uuden lemmikin ottamista, mutta Hessua ei korvaisi mikään. Itku tuli päivittäin.

Itku oli tullut tänäkin iltana. Peilistä katsoivat surulliset kasvot. Ruskeat silmät olivat oikeastaan punaiset, hiukset kampaamatta. Pyh, mitä väliä...

Vuoden vaihtumiseen oli enää vajaa tunti. Sanna oli päättänyt selvittää tulevan vuoden tapahtumat ennustamalla. Sokeritina olisi helppo ja hauska konsti. Sanna laittoi sokerin kattilaan sulamaan. Vieressä oli kylmää vettä, jonne köntti oli tarkoitus tiputtaa. Muuten ennustaminen sujuisi samalla tavalla, kuin ennen vanhaan tinoilla. Varjo kertoisi, onko tulevaisuudessa odotettavissa mitään iloisia yllätyksiä. Toivottavasti. Sulatus onnistui, ja Sanna kaatoi massan veteen. Sokeriköntti oli ainakin yhtenäinen, joten "särkynyttä onnea" ei tarvinnut pelätä. Hyvä. Sanna nosti köntin vedestä ja alkoi tarkastella sen muotoja kynttilän valossa. Toisessa kulmassa oli havaittavissa pientä röpelöä, joten taloudellinen tilanne tulee ehdottomasti kohenemaan. Sanna pyöritteli "tinaansa" ja yritti löytää jotain tunnistettavaa muotoa. Korvat? Oliko tuossa eläimen korvat? Ja kuono? Kärsä? Turpa? Hahmo näytti tosiaan eläimeltä, mutta Sanna ei ollut valmis uskomaan, että hankkisi lemmikin. Kun Sanna käänsi sokeritinansa toisinpäin, seinällä näkyi yhtäkkiä ilmiselvä sormus. Miten sokeriin olikaan tullut reikä massan keskelle. Reiän päällä oli vielä terävä kohouma, ikään kuin timantti koristamassa sitä.

- No nyt on kyllä täyttä hölynpölyä, Sanna nauroi ääneen. - Ei todellakaan tule tapahtumaan.

Sanna laittoi kattilan likoamaan lavuaariin, heitti sokeritinan biojätteeseen ja meni nukkumaan.

Aamu näytti valoisalta, jopa aurinko paistoi pitkästä aikaa. Sanna tunsi, että käänne parempaan oli tapahtunut. Loppuelämäni ensimmäinen päivä, ajatteli Sanna, kun keitti kahvia ja pakotti itsensä vihdoin miettimään tulevaa, ei mennyttä.

Kahvikupin äärellä Sanna selaili hajamielisenä avoimia työpaikkoja. "Lähihoitaja, lähihoitaja, lähihoitaja". Lukion jälkeen Sanna oli hakenut ja päässyt eläintenhoitajan koulutukseen. Suurin osa harjoittelusta tehtiin tuotantoeläinten ja hevosten parissa. Hänen kotipaikkakunnallaan ei pieneläinklinikoita ollut. Hän oli muuttanut koulun jälkeen etelään ja työskennellyt sen jälkeen lähinnä kaupassa ja toimistossa.

Yksi työpaikkailmoitus pisti Sannan silmään. Pieneläinklinikka etsi hoitajan sijaista pariksi kuukaudeksi. Uskaltaisiko tuota hakea? Koulusta oli kuitenkin aikaa jo tovi, eikä hänellä ollut varsinaista työkokemusta eläintenhoidosta. No, mikä on pahinta, mikä voi tapahtua? Se, että en saa paikkaa.

Sanna naputteli hakemuksen sisään saman tien. Hän laittoi avoimen hakemuksen myös muutamaan asiakaspalvelupaikkaan. Istuminen päivät pitkän koneella ei kiehtonut, mutta jotain oli yritettävä.

Eläinsuojeluyhdistys haki vapaaehtoisia. Sanna laittoi viestiä sinnekin. Hänellä oli aikaa. Siellä pääsisi ainakin silittelemään kissoja ja kävelyttämään koiria.

Sanna laittoi koneen kiinni, nousi ylös ja venytteli. Päivä ei ollut vielä edes puolessa ja hän oli saanut aikaan valtavasti. Reipas lenkki kirpakassa pakkasessa piristäisi varmasti. Sitten lämmin suihku ja hyvä kirja.

4

Sanna oli eteisessä pukemassa, kun puhelin soi. Linda. Sanna ei oikeastaan olisi halunnut vastata, mutta pakko kai se oli. Luultavasti Linda halusi kertoa eilisistä juhlista.

- Hei Linda.

- Hei Sanna, et arvaa. Et ikinä arvaa.

Linda taisi olla humalassa äänestä päätellen. Ehkä juhlat olivat venähtäneet aamuun.

- En arvaa, Sanna sanoi ja yritti olla kuulostamatta liian kyllästyneeltä.

- Tapasin miehen, komean miehen.

Sanna kuuli taustalta naurua ja meteliä. Ilo tuntui olevan ylimmillään.

- Sepä mukavaa. Kuule… olin juuri lähdössä ulos, soitellaanko myöhemmin?

- Sanna, älä ole tylsä. Me ajattelimme Teron kanssa tulla sinne kylään, just nyt.

Sanna kalpeni. Hän ei missään nimessä halunnut mölyävää juopporemmiä kotiinsa.

- Sori, nyt ei käy. Lupasin olla vartin päästä kaupungilla. Mutta toiste sitten. Moikka!

Sanna sulki puhelimen. Toivottavasti Linda ei suuttunut. Tai oikeastaan Sanna vähät välitti vaikka olisi suuttunutkin. Heillä ei nykyään ollut Lindan kanssa paljonkaan yhteistä. Lindalla oli rahaa, Sannalla ei. Se rajoitti yhteisiä harrastuksia. Sannalla ei ollut paljon ystäviä, tuttavia muutamia.

Siihen tulisi nyt muutos, Sanna päätti. Miksi roikun ihmisissä, jotka ovat suorastaan vahingollisia minulle? Monet olivat vuosien varrella jopa hyväksikäyttäneet Sannan hyväntahtoisuutta. Kuten ex-mies Pekka. Nyt riitti. Tästä hetkestä lähtien Sanna päätti opetella laittamaan itsensä etusijalle.

- Oi, uudenvuoden lupauksia oikein satelee...Sanna mutisi itsekseen.

Ulkona tosiaan oli kylmä. Ehkä korttelin kiertäminen riittää lenkiksi tällaisena päivänä. Kadut olivat autioita. Ehkä ihmiset toipuivat vielä eilisestä. Sanna oli juuri kääntymässä kulman taakse, kun näki äänekkään porukan purkautuvan kadulle porttikäytävästä. Linda?

Sanna vetäytyi nurkan taakse piiloon. Porukka oli aivan lähellä, mutta he eivät ehtineet huomata Sannaa.

Ai tämän takia he olivat pyrkimässä minun luokseni, Sanna ajatteli. Varmaan ovat saaneet noottia naapureilta ja oli pakko vaihtaa majaa.

Sanna päätti vakoilla seuruetta. Koko joukko oli niin päissään, etteivät huomanneet mitä ympärillä tapahtuu. Linda notkui jonkun miehen kainalossa. Mies oli pitkä ja raamikas.

- Linda...Linda hei, onko sulla rahaa? Otetaan taksi ja mennään baariin? Kun ei sun kaverikaan ole kotona, mies puhui humalaisen kovalla äänellä.

Sanna huokaisi. Varsinainen unelmien poikamies. Jos edes oli poikamies. Kunhan Lindan pää selviää, pudotus todellisuuteen voi olla karu.

Porukka sai kuin saikin taksin alleen ja lähti jonnekin. Ehkä Lindalla oli sitten rahaa.

Sannan uuden vuoden lupausten listalle laitettiin jälleen uusi merkintä: Ei miehiä! Ei luoja paratkoon yhtään miestä. Olkoonkin, että sokeritinassa näkyi sormus.

Seuraavana päivänä Sanna heräsi uuden vuoden ensimmäiseen arkipäivään täynnä odotusta. Hän päätti, että tänään tapahtuisi jotain ihanaa. Hän pisti silmät kiinni ja kuvitteli mielessään toivomiaan asioita.

Meni tunti, kaksi ja kolme. Mitään ei tapahtunut. Puhelin ei soinut, sähköpostia ei tullut.

Lähden ulos. Pakkastakaan ei ole enää paljon, Sanna ajatteli ja yritti pitää mielialan korkealla.

Raikas ilma piristi kehoa ja mieltä. Sanna käveli reippaasti katua pitkin, tänään hän tekisi pitkän lerkin. Väsyttäisi itsensä liikkumalla.

Hänen edellään käveli vanha rouva hitain askelin. Sanna hiljensi vauhtia. Luminen jalkakäytävä oli kapea ja liukas. Sanna päätti kävellä jonkun aikaa rouvan takana ja ohittaa hänet sitten tilaisuuden tullen. Jotain kuitenkin tapahtui. Rouvan jalka petti alta. Kuin hidastettuna Sanna näki miten rouva lensi selälleen. Jalat sojottivat kohti ilmaa ja kädet koittivat ottaa tukea jostain. Sanna ei ehtinyt tehdä mitään. Kaikki kävi niin nopeasti.

- Kuinka kävi? Sanna kumartui huolestuneena rouvan puoleen ja kaivoi samalla puhelimen taskustaan.

- Soitan ambulanssin.

Rouva voihkaisi. Jotain oli ilmiselvästi mennyt rikki. Hän käänsi katseensa Sannaan.

- Kiitos sinulle. Kiitos paljon.

- Odottelen tässä teidän kanssanne, ambulanssi tulee varmasti pian. Ei mitään hätää.

Rouva katsoi tarkasti Sannaa. - Onko sinulla kiire? Ehtisitkö tehdä minulle palveluksen?

- Tietenkin. Haluatteko, että tulen sairaalaan kanssanne? Voin tulla. Minulla ei ole kiire minnekään.

- Ei... Ei. Minä asun tässä lähellä. Voisitko käydä ruokkimassa kissani?

Sanna hämmentyi.

- En usko, että se olisi sopivaa. Voin ilmoittaa perheellenne. Onko teillä puhelinnumeroa?

- Ei ole ketään kelle soittaa, rouva sanoi. - Kissaparkani on asunnossa yksin. Olin juuri hakemassa kaupasta kissanruokaa. Ota taskustani avaimet.

Rouvan ääni oli käskevä. Sanna epäröi.

- Jospa sairaalassa joku hälyttää kotihoitajan tai jonkun...

- Kotihoitaja kissalle? Ehkä heillä on tärkeämpääkin tekemistä. Tee minulle palvelus, ole niin kiltti. Se on tärkeää minulle.

Kadulle alkoi kerääntyä ihmisiä. Jos joku näkisi hänen kaivavan rouvan taskuja, olisi selvää, miltä se näyttäisi.

- En minä voi, Sanna sanoi painokkaasti. - Minä olen ihan vieras ihminen. Minähän voin vaikka varastaa,

tyhjennän koko asunnon, vien kaiken arvokkaan.
- No, varastatko? rouva sanoi.
- En tietenkään, mutta silti.
Ambulanssi tuli paikalle. Ensihoitajat riensivät
tutkimaan potilasta. Rouvalla saattoi olla murtumia.
He nostivat rouvan varovasti paareille.
- Odottakaa hetki, rouva käskytti ensihoitajia. - Sinä
siinä, kaiva taskustani avaimet ja anna ne tyttärentyt-
tärelleni. Tules tänne, tyttö.
Sanna meni rouvan luo ja rouva kuiskasi: Lönnro-
tinkatu 6 A, Sellgren.
Sanna nyökkäsi ja otti ensihoitajan ojentamat
avaimet.
- Viemme hänet keskussairaalaan. Voit kysellä sieltä
lisätietoja muutaman tunnin kuluttua.
Sanna jäi kadulle seisomaan pöllämystyneenä
avaimet kädessään. Mitä juuri äsken tapahtui? Ei kai
hän nyt voi vaan mennä vieraan ihmisen asuntoon.
Jos rouva alkaakin syyttää häntä varkauksista? Oli-
ko rouva muistisairas? Ei hän kyllä vaikuttanut sel-
laiselta. Hän oli selvästi huolissaan lemmikistään.
Sanna käveli läheiseen kauppaan ja osti sieltä kis-
sanruokaa. Lönnrotinkatu oli nurkan takana. Hetken
harkittuaan Sanna työnsi avaimen ulko-oveen. Se
kävi siihen. Seinässä oli nimiä, Sellgren oli ylim-
mässä kerroksessa. Sanna päätti kävellä rappuset,
jotta jännitys lieventyisi. Hän ei tiennyt mitä oven
takana odottaisi. Entä jos siellä olikin joku? Joku
ihminen. Miten Sanna selittäisi tunkeutumisensa

asuntoon? Varmaan poliisit veisivät hänet putkaan. Vanhan talon ovet olivat kauniita ja koristeellisia. Ovikellokin oli luultavasti alkuperäinen rämisevä peltilämiskä. Sanna käänsi ovikelloa ja koko rappukäytävä kilisi ja kolisi. Kukaan ei tullut avaamaan.

Sanna katseli ympärilleen kuin odottaen, että kohta joku naapuri avaisi oven ja kysyisi: Milläs asialla sitä ollaan...

Talossa oli kuitenkin aivan hiljaista. Sanna keräsi kaiken rohkeutensa ja avasi oven. Eteisessä oli hämärää, mutta Sanna erotti saman tien pienen lähestyvän hahmon. Hän kyykistyi käytävälle. Raidallinen kissa tuli puskemaan häntä tuttavallisesti.

- Voi sentään, pikku rassukka. Oletko nälissäsi?

Sanna silitteli kissan pehmeää turkkia. Kissa oli hyvin hoidettu, mutta jo vanha. Sannaa harmitti, ettei ehtinyt kysyä kissan nimeä.

Sanna otti kengät pois ja lähti etsimään keittiötä. Kissa seurasi Sannan kantapäillä. Se maukuikin pari kertaa. Ehkä se halusi saada vipinää Sannan touhuihin.

Keittiö oli pieni, kuten vanhoissa kerrostaloasunnoissa on. Lattialla oli kissan lautaset. Sanna laittoi astioihin ruokaa ja kissa kävi ahnaasti syömään. Sanna vaihtoi myös vesiastian. Vessalaatikko näytti siistiltä, mutta pitäisi tarkistaa vielä sekin ennen lähtöä.

Kun kissan asiat oli hoidettu, Sanna päätti uskaltaa hieman katsella ympärilleen. Hän laittoi valot huoneisiin. Olohuone oli valtavankokoinen. Lisäksi asunnossa oli rouvan makuuhuone sekä pienen pieni huone, joka entisaikoina oli tarkoitettu kaiketi palvelijalle. Ennen vanhaan asunnot olivat tällaisia. Kylpyhuone oli pieni. Tilaa oli hädin tuskin suihkulle. Huoneet olivat korkeita ja ikkunoissa upeat erkkerit. Olohuone oli täynnä vanhoja huonekaluja ja kauniita esineitä. Voisi kuvitella, että rouva oli asunut täällä koko ikänsä.

Kissa oli syönyt ja tuli Sannan luo. Sanna nosti kissan syliinsä ja istui sohvalle. Hän silitteli ja jutteli sille. Äkkiä Sannalle tuli kova ikävä Hessua. Miten hän kaipasikaan Hessun kehräämistä ja lämpöä.

Sanna päätti soittaa sairaalaan ja kysyä rouvan vointia. Hän voisi myös käydä sairaalassa palauttamassa avaimet.

- Rouva Sellgren, hänellä ei ole hätää. Vain pieni murtuma ranteessa, ihme kyllä, vastattiin poliklinikalta. - Voit tulla hakemaan hänet kotiin. Kannattaa seurata vointia jonkin aikaa aivotärähdyksen varalta.

Hakemaan kotiin? Sannalla ei ollut autoa ja taksiin hänellä ei oikeastaan ollut varaa. No, ehkä se selviää, kun pääsen sairaalaan.

Sanna hyvästeli kissan ja katsoi, että ruokaa ja juomaa oli saatavilla.

- Kohta emäntäsi palaa kotiin, ole huoleti.

Sanna oli juuri päässyt ulos ovesta, kun puhelin soi. Tuntematon numero.

- Moi, saimme hakemuksesi, pääsetkö haastatteluun?

Puhelu tuli pieneläinklinikalta. Sanna olisi voinut hypätä ilmaan innostuksesta.

- Pääsen, tietenkin, kuinka mukavaa.

He sopivat tapaamisen heti huomiseksi. Tarve apulaiselle oli välitön.

Hymy oli herkässä, kun Sanna istui bussissa. Sairaalaan oli melkein kymmenen kilometriä. Rouvaa ei käsi kipeänä voisi bussiin laittaa. Sannan tilillä oli hädin tuskin viisikymppiä. Riittääkö se edes taksimatkaan.

Rouva löytyi helposti osastolta. Hän istui hymyilevänä sängyssään, kun Sanna tuli huoneeseen.

- Siinähän se minun pelastajani on. Hauska tavata. Minä olen Liisa. Tai oikeastaan Lisbeth, mutta kaikki kutsuvat Liisaksi.

Sanna ojensi kätensä. - Sanna.

- Saitko ruokittua minun kullannuppuni? Eikö hän olekin ihana?

- Kyllä. Vaikutti olevan kovin nälkäinen, Sanna naurahti. - Mikäs hänen nimensä on?

- Boris.

Sanna kertoi omasta kissastaan. Heillä olisi riittänyt puhetta, mutta lääkäri astui huoneeseen.

- Rouva Sellgren, kuinka voitte?

- Näillä kipulääkkeillä oikein hyvin. Pääsenkö kotiin?

- Ilmeisesti teillä on saattaja, joten en näe syytä pitää teitä täällä. Kipsi on kädessä kolme viikkoa. Kannattaa nyt olla varovainen.

- Olen, olen, Sanna pitää minusta huolen, rouva sanoi ja iski silmää lääkärin selän takana.
Sanna otti rouvan laukun ja he lähtivät kohti uloskäyntiä. - Toivottavasti et pahastunut, kun sanoin sinun pitävän huolta minusta. Haluan kotiin ja uskon pärjääväni, mutta jos nuo kuulevat, ettei minulla ole ketään auttamassa, he työntäisivät minut johonkin laitokseen makaamaan.
- Ymmärrän, Sanna sanoi, vaikka ei ollut varma ymmärsikö. - Meidän täytyy varmaankin ottaa taksi... Sanna sanoi epävarmasti.
- Tietenkin. Älä huoli, minulla on lompsa mukana, Liisa sanoi reippaasti. Hän taisi arvata mistä kiikasti.

He ajoivat taksilla rouvan oven eteen.
- Ehditkö tulla hetkeksi ylös? Vai onko sinulla töitä?
Yhtäkkiä Sannaa hävetti, ettei hänellä ollut työpaikkaa. Tuntui nololta tunnustaa, että nuori ja terve ihminen ei ole saanut uutta työtä viikkoihin.
- Ehdin tulla. Mennään vaan.
Sanna keitti heille kahvia ja he istuivat pöytään.
Boris oli onnesta soikea, kun emäntä saapui kotiin.
- Kiitos Sanna, pelastit minut tänään. Ja Boriksen.
- Pelastaminen on liioittelua. Eipä tuossa onneksi pahemmin käynyt. Nyt täytyy vain hommata sinulle apua tänne kolmeksi viikoksi. Kun toinen käsi on poissa pelistä, se hankaloittaa elämää.
- Mikä sinun tilanteesi on? Onko sinulla työpaikka? Entä perhettä? Sitoumuksia?

- Ikävä kyllä ei mitään noista, Sanna sanoi vaimeasti. - Mutta juuri äsken sain kutsun työhaastatteluun. Menen sinne huomenna. Työ olisi pieneläinklinikalle eläintenhoitajaksi.

- Hyvä, toivotan onnea, Liisa sanoi.

Hän oli hetken hiljaa. - Voisinko minä palkata sinut avustajakseni? Kiinnostaisiko sinua? Kävisit kaupassa ja kenties siivoaisit Boriksen vessan ja muuta pientä. Ei sinun tarvitse olla täällä koko päivää. Jos saat sen eläintenhoitotyön, niin voisit käydä töiden jälkeen? Mitä sanot? Sovitaan joku sopiva palkka.

Sanna yllättyi. Hän oli tuntenut Liisan vasta vajaan päivän. Luottiko tämä häneen niin paljon, että halusi hänet avustajakseen.

- Voinhan minä tulla käymään ilman mitään palkkaakin, tietenkin. Eihän tuo ole suuri vaiva, Sanna sanoi. - Asun tässä lähellä.

- Ei missään nimessä, Liisa sanoi heti. - Minä maksan palvelusta käyvän hinnan. Ostan aikaasi. Jos pelkäät, ettei minulla ole siihen varaa, niin kyllä minulla on.

Liisalla oli sen verran auktoriteettia, ettei Sanna alkanut kinata hänen kanssaan. Sitä paitsi pienikin palkka olisi tervetullut. Laskuja alkoi olla rästissä.

- Siinä tapauksessa, kiitos, otan mielelläni tarjouksen vastaan.

He sopivat, että Sanna tulee haastattelun jälkeen käymään ja he tekisivät jonkinlaisen työsopimuksen. Alustavasti kaikki kuulosti aivan mahtavalta Sannan kannalta. Liisa tuntui olevan jämäkkä, mutta mukava ihminen.

Kyllä vain, vuosi tuntui alkavan yllätysten merkeissä. Jo ensimmäisenä päivänä oli tapahtunut enemmän iloisia sattumuksia kuin koko viime vuonna yhteensä.

Kuin kirsikkana kakussa puhelin soi taas.

- Olitko kiinnostunut vapaaehtoistyöstä kissatalolla? Olet todellakin tervetullut.

Sanna sopi tapaamisen toiminnanjohtajan kanssa iltapäivälle. Silloin hän saattaisi jo tietää, kuinka työpaikan kanssa kävi. Jos töitä ei ole, hän ehtisi auttaa talolla enemmänkin.

Kotiin päästyään Sanna maksoi viimeisillä rahoillaan puhelinlaskun. Kaapissa oli vielä näkkileipää ja jääkaapissa voita. Illalliseksi hän paistoi pari munaa. Television edessä voisi nuokkua hetken, kunnes oli aika käydä nukkumaan. Huomenna olisi jännittävä päivä.

Sanna oli jo pesemässä hampaitaan, kun huomasi, että Linda soitti. Sanna oli ärtynyt. Oli myöhä, eikä hän ollut sillä tuulella, että jaksaisi kuunnella Lindan kehuskelua miesseikkailuillaan. Mahtoiko hän olla edes selvin päin. Linda oli kuitenkin Sannan pitkäaikainen ystävä. Oli heillä ollut hauskatkin hetkensä.

- Linda, olen jo menossa nukkumaan.

Puhelimesta kuului nyyhkäisy. Itkikö Linda?

- Linda? Linda! Kuuletko sinä? Sanna huolestui.

- Kuulen. Olen kotona. En voi mennä huomenna töihin, en ollut tänäänkään.

- Tuli sitten juhlittua sen verran? Sanna sanoi ja kuulosti väkisinkin tuomitsevalta.

- No sekin... mutta Tero löi minua, minulla on musta silmä.

Sanna järkyttyi. Hän ei olisi ikinä uskonut, että Lindalle kävisi noin. Sen verran kova luu tuo nainen oli. Hänen silmilleen ei hypitty.

- Oletko käynyt lääkärissä?

- En. En voi mennä sinne nolaamaan itseni. Tämähän on aivan omaa syytäni, lähdin omasta tahdostani sen miehen mukaan. Mutta olen todella kipeä. En tiedä mitä tekisin.

Tavallinen tarina, ajatteli Sanna, mutta ei sanonut mitään.

- Minä voin lähteä sinun kanssasi päivystykseen. Onhan vammat tarkistettava.

- Voisitko? Tilaan taksin ja tulen sinun ovellesi, menee kymmenen minuuttia. Ja kiitos, Sanna. Olet hyvä ystävä.

Suljettuaan puhelimen Sanna huokaisi syvään ja puki päälleen. Hän meni alas odottamaan Lindan taksia.

Sanna oli sairaalassa jo toistamiseen yhden päivän aikana. Onneksi päivystyksessä ei ollut ruuhkaa ja Linda pääsi sisään melkein heti. Sanna tuli mukaan huoneeseen. Nuori naislääkäri katsoi vakavana Lin-

16

dan murjottuja kasvoja.

- Oletko tehnyt rikosilmoituksen?
- En, en uskalla. En tunne miestä niin hyvin. En halua enää koskaan nähdä sitä tyyppiä, Linda sanoi ja purskahti itkuun.

Lääkäri huokaisi ja alkoi tutkia tarkemmin Lindan vammoja. Kasvoissa oli suuri mustelma. Silmä näytti kuitenkin olevan kunnossa.

- Laitan sinut varmuuden vuoksi kuviin, katsotaan siellä tarkemmin. Joka tapauksessa jäät yöksi. Mietitään sitten aamulla, mitä tehdään. Joka tapauksessa nyt saat apua. Hyvä, että tulit.

Linda katsoi kiitollisena Sannaa. Hän kaivoi laukustaan pari kymppiä.

- Kiitos Sanna. Ota taksiraha, että pääset kotiin. Soitan sinulle huomenna. Ja anteeksi. Olen tosiaan sotkenut asiani.

Linda nostettiin paareille ja lähdettiin kärräämään osastolle. Sanna seisoi käytävässä, kunnes näki Lindan katoavan hissiin. Hänen oli pakko istuutua alas. Vasta nyt stressi pääsi purkautumaan ja Sannaa alkoi heikottaa. Ohi kulkeva hoitaja pysähtyi hänen viereensä.

- Oletko kunnossa?
- Olen...vedän hiukan henkeä. Lähden kohta.

Sanna oli kauhuissaan, kun oli nähnyt Lindan kauniit kasvot mustelmilla. Kunpa hänelle ei jäisi mitään pysyvää haittaa. Minkälainen sika tekee tuollaista hennolle naiselle? Jos Tero oli se korsto, minkä Sanna oli nähnyt vilaukselta, mies oli vahva kuin härkä. Lindalla ei ollut mitään mahdollisuuksia, jos tuollainen oli käynyt hänen kimppuunsa. Sanna ajoi taksilla kotiin ja meni saman tien sänkyyn. Uni ei kuitenkaan tullut heti. Oli tapahtunut liian paljon, hyvää ja pahaa. Huomenna oli kuitenkin uusi päivä, paljon tehtävää. Sanna nukahti levottomaan uneen.

2

Työpaikka ja toinenkin

Vaikka yö oli ollut levoton, Sanna heräsi pirteänä ja täynnä innostusta. Eläinklinikka oli kävelymatkan päässä. Sanna lähti sinne hyvissä ajoin. Häntä jännitti. Luultavasti hän ei olisi pätevä ja vain nolaisi itsensä.

Klinikalla oli täysi tohina päällä heti aamusta. Sanna asteli vastaanottoon ja esitteli itsensä. Tiskin takana seisoi vanhempi nainen kissa sylissään.

- Ai sinä olet se uusi työntekijä, tervetuloa!
- No tuota, minä tulin kyllä työhaastatteluun... Sanna sopersi.

Nainen selvästi erehtyi henkilöstä.

- Juu, tietenkin. Mennään tuonne takahuoneeseen.

18

Sanna seurasi naista ja he istuivat pöydän ääreen. Nainen toi heille kahvia, pöydällä oli keksejä.

- Minä olen eläinlääkäri Salo. Koska voisit aloittaa? nainen kysyi.

- Onko huomenna liian myöhään? Sanna sanoi, kun ei muuta keksinyt.

- Pidätkö eläimistä? Sannan mielestä tämä oli eriskummallisin haastattelu missä hän oli koskaan ollut.

- Pidän. Minulla oli kissa, mutta se kuoli aivan äskettäin. Hessu oli vanha. Kaipaan sitä.

Eläinlääkäri Salo hörppi kahvia ja tarkkaili Sannaa.

- Tämä työ on paljolti eläinten jätösten siivoamista ja haavojen hoitoa, kynsien leikkaamista ja sen sellaista. Rujoakin silloin tällöin. Uskotko selviäväsi sellaisesta? Tästä on glamour kaukana.

Sanna tuskin näytti glamour-mallilta tukka ponnarilla ja vanhassa toppatakissaan.

- Enköhän. Minulla on kokemusta kissoista ja koirista. Koulussa harjoittelin pääasiassa tuotantoeläinten parissa, sikoja, kanoja, lehmiä ja jopa poroja. Hevosista tiedän jonkin verran.

- Pääasiassa kissoja ja koiria meillä käykin. Kyllä joku sitten auttaa, jos tulee ongelma. Jos sinulle sopii, teemme työsopimuksen kahdeksi kuukaudeksi. Vakituisen hoitajan pitäisi silloin palata. Voit aloittaa huomenna kello seitsemän. Työpäivä loppuu kahdelta. Joskus harvoin saatan pyytää sinua illaksi, siitä sovitaan aina erikseen.

Salo ojensi kätensä.

- Pirjo tulee tekemään työsopimuksen ja kertoo sinulle käytännön asiat. Tervetuloa taloon, Salo sanoi ja lähti huoneesta.

Pirjo oli lempeänoloinen nuori nainen. Hänellä oli sopimus valmiina, ja Sanna allekirjoitti sen. Ensimmäinen palkka tulisi jo kahden viikon päästä. He kävivät eläinklinikan hoitohuoneissa, tervehtivät potilaita ja henkilökuntaa. Pirjo näytti Sannalle hänen tehtävänsä.

- Ja aina voit tulla kysymään, jos et tiedä jotain. Uskon että pärjäät oikein hyvin. Nähdään huomenna.

Sanna ei voinut uskoa hyvää tuuriaan. Hänellä oli edelleen pieni pelko, ettei täyttäisi työpaikan vaatimuksia. Pari kuukautta oli lyhyt aika oppia mikä tahansa työ. Hän tekisi parhaansa.

Pian Sanna oli jo Liisan ovella.

- Sain työpaikan, Sanna hihkaisi, kun Liisa avasi oven. - Aloitan huomenna. Mahtavaa!

He menivät olohuoneeseen juttelemaan. Sanna laittoi heille aamiaista. Liisa näytti suoriutuvan varsin hyvin, vaikka toinen käsi oli paketissa.

- Oletko ehtinyt harkita tarjoustani? Liisa kysyi.

- Autan mielelläni. Työ klinikalla loppuu kahdelta, sen jälkeen pääsisin tulemaan. Pitääkö aamulla käydä?

- Ei tarvitse, jos käyt kaupassa ja laitat vaikka voileivät valmiiksi.

Sannalla oli tunne, että yhteistyö tulisi sujumaan Liisan kanssa oikein hyvin. He sopivat aluksi kolmesta viikosta. Sen jälkeen nähtäisiin miten käsi on parantunut.

Kahvittelun lomassa Liisa kertoi vähän itsestään. Hän oli 85 -vuotias. Hänen miehensä oli kuollut yli kymmenen vuotta sitten. Heillä ei ollut lapsia eikä läheisiä sukulaisia. Avioliitto oli ollut silti onnellinen ja suru miehen kuolemasta oli lähes murtanut Liisan. Liisa oli terve ja hyväkuntoinen. Jotenkin hän pääsi yli surustaan ja jatkoi elämäänsä.

- Käyn paljon erilaisissa tapahtumissa, myös vanhusten, ja olen huomannut, että moni perheellinen vanhus on jopa yksinäisempi kuin minä. Lapset eivät ole takuu mistään. Joten en ole jäänyt harmittelemaan sitä.

Sanna tunsi pienen pistoksen, kun muisti omat vanhempansa pohjoisessa. Hän oli käynyt siellä viimeksi kesällä. Matka oli pitkä ja liput maksoivat paljon. Hänen vanhemmillaan oli kuitenkin työnsä, toisensa ja paljon ystäviä. Lisäksi hänen veljensä asui heidän kanssaan.

- Jos sinulla on nyt aikaa, voisimme heti alkuun käydä kaupassa. Haetaan Borikselle ja minulle tarvikkeita. Todetkaamme työsuhteesi alkaneen tästä päivästä, Liisa sanoi.

- Sopii, mutta pitäisikö minun käydä yksin… vaikka kauppa ei ole kaukana, se voi turhaan rasittaa.

- Minä lähden mukaan, Liisa sanoi jämäkästi. - Mi-

21

nulla on auto tallissa, on kai sinulla ajokortti.
Sanna kalpeni. Hän ei ollut ajanut autoa pariin vuoteen. Heillä oli ollut auto, mutta hän ei saanut juuri koskaan ajaa sillä. Mies ajaa, sanoi Pekka.
- Pelkään pahoin, että taidot ovat ruostuneet, Sanna yskähteli. - Olen ehkä Suomen huonoin kuski. Tai kymmenen huonoimman joukossa. Niin sanoi entinen mieheni.
- Miehet, pah! Mitä ne muka tietävät. Auta minulle takki päälle, ja mennään. Sinä selviät vallan mainiosti.
He menivät hissillä alas. Kerrostalossa näytti olevan muutama autotalli. Liisa meni yhden sellaisen ovelle ja antoi Sannalle autotallin ja auton avaimet.
- Tässä autossa on oikeat avaimet eikä mitään nykyajan hömpötyksiä, Liisa naurahti. - Kai sinä osaat ajaa manuaalivaihteita? Autossa on nastarenkaat ja se huolletaan säännöllisesti. Minulla on tutut pojat, jotka hoitavat kaiken. Ei muuta kuin menoksi. Peruuta auto ulos, minä odotan tässä.

Sanna nosti autotallin oven ylös. Hänellä olisi luultavasti hiukset nousseet pystyyn, ellei hänellä olisi ollut pipoa päässä. Tallissa oli hopeanvärinen Jaguar, vanhaa mallia, konepellillä merkit ja kaikki. Upeannäköinen auto.
- En minä pysty... Sanna vaikeroi. - Entä jos kolhin sen? Tulee naarmu. Tai kolari.
- Se on vain auto, peltiä ja rautaa. Tosin se oli mie-

22

heni silmäterä... Aja se ulos, niin päästään matkaan.

Sanna istui varovasti beigenvärisille nahkapenkeille. Hän asetteli penkin sopivaksi, katsoi peilit, laittoi vaihteen vapaalle ja starttasi. Auto hyrähti pehmeästi käyntiin.

- No niin, toistaiseksi kaikki hyvin, Sanna mutisi otsa rypyssä ja selkä hiestä märkänä. Varovasti hän alkoi peruuttaa autoa tallista. Pihassa oli onneksi sen verran tilaa, että siinä mahtui kääntymään. Sanna jätti auton käyntiin ja nousi laittamaan tallin ovet lukkoon. Hän avasi Liisalle oven, tämä istui etupenkille.

- Vai olisitko halunnut istua takapenkillä? Sanna kysyi. - Kuin kuningataräiti?

Heitä molempia alkoi naurattaa aivan hirveästi. Ehkä Sanna oli hysterian partaalla. Tilanne oli jännittävä.

He päättivät ajaa Prismaan. Sieltä saisi kaiken kerralla ja olisi tilavat parkkiruudut. Sanna ajoi varovasti. Onneksi ei ollut paljon liikennettä.

- Olisit pyytänyt sairaalasta invapysäköintiluvan, Sanna sanoi, ja taas heitä alkoi naurattaa.

Sanna sai auton parkkiin aika lähelle ovea. Hän tuli auttamaan Liisaa autosta.

- Siinäpä vasta kaunotar, Sanna kuuli miesäänen takaansa.

- Kumpaa meistä mahdat tarkoittaa, Liisa tokaisi napakasti.

Mies nosti katseensa hämmentyneenä. - Minä tuota...Jaguaria vaan, harrastan itsekin.

Sanna ja Liisa katsoivat toisiaan ja hymähtivät. He ottivat ostoskärryt ja lähtivät kauppaan.

- Tuossahan olisi sinulle oiva keino löytää mies itsellesi, Liisa sanoi. - Nojailet autoon ja odotat iskurepliikkejä. Tuokin herrasmies näytti ihan varteenotettavalta.

- Kyllä varmaan, mutta minä luultavasti olen sinkku lopun elämääni, Sanna huokasi.

Liisa vilkaisi Sannaa huvittuneena. - Niin varmasti. He noukkivat kärryyn paljon tavaroita. Kaupassa ei käytäisi joka päivä.

- Minulla saattaisi olla sinulle muutamia hyviä kumppaniehdokkaita, Liisa heitti puolihuolimattomasti. - Haluatko, että järjestän sinulle treffit? On melkein synti, että noin kaunis nuori nainen ei ole parisuhteessa.

- Mitä?! Ööö, kiitos tarjouksesta. Ehkä myöhemmin.

Mukavaa, että Liisa sanoi Sannaa kauniiksi. Hän ei ollut tottunut kuulemaan sellaista. Hänen pähkinänruskeat silmänsä olivat aina tuntuneet liian vaaleilta. Ehkä niitä ei voinut edes sanoa ruskeiksi vaan vihreiksi. Pitkät, luonnonkiharat ruskeat hiukset saivat kasvaa villinä ja vapaina. Kampaaja oli Sannan kukkaron ulottumattomissa. Useimmiten Sanna piti hiuksensa kiinni, se oli vaivatonta. Vaikka Sannan vanhemmat olivat Lapista kotoisin, oikeaksi lappalaiseksi hän oli aivan liian pitkä. Koulussa Sanna oli aina päätään pidempi muita. Sekin oli omiaan laskemaan itsetuntoa. Nyt sillä ei enää ollut väliä. Sitä paitsi Sanna ei ollut treffituulella. Ja suoraan sanoen... Liisan aristokraattiset seurapiirit saattaisivat tuntua vierailta. Ei hän osaisi olla jonkun "äädlerkröitsin" seurassa oma itsensä. Niin se vain oli.

He saivat ostokset tehtyä. Sanna pakkasi kauppakassit takakonttiin. Kissanhiekkaa oli nyt varastossa sen verran, ettei sitä tarvinnut kantaa lähikaupasta. Jaguar liukui matkaan ja paluumatka sujuikin jo rennommin. Sanna alkoi päästä jyvälle auton salaisuuksista.

Sanna ajoi auton talliin, kantoi kassit sisään ja laittoi ruuat jääkaappiin. Hän siivosi vielä Boriksen wc:n ja laittoi ruokaa se lautaselle. Kissan silitykset vielä, ja kaikki tuntui olevan hoidossa.

- Pärjäätkö? Sanna kysyi. - Käyn vielä kissatalolla ennen kuin menen kotiin.

- Sinullahan nyt on vientiä, Liisa hymähti.

- Eikö olekin? Kahden päivän aikana on tapahtunut paljon. Vähän liikaakin.

Sanna oli kertonut Liisalle Lindan kohtalosta. Liisa oli raivoissaan.

- En edes viitsi sanoa ääneen mitä minä tekisin tuollaiselle miehelle. Hyi helvetti!

Liisa ei ollut mikään mummonhiirulainen, sen verran Sanna oli jo oppinut tätä naista tuntemaan. Vaikka Liisa tuntui olevan tiukka ja jämpti, kuten entisen kansakoulunopettajan tuleekin, oli hän myös huumorintajuinen ja hyväntahtoinen.

- Nähdään huomenna. Soittele, jos tarvitset jotain.

Kissatalolla oli paljon rauhallisempi meno kuin klinikalla. Sanna sai esittelyn yhdistyksen toiminnasta ja sovittiin, että kissatalolta otetaan yhteyttä sitten, kun tulee akuutti tarve. Sanna lupasi olla käytettävissä, jos töiltään pääsee. Hän kävi kuitenkin silittelemässä muutamaa koditonta kissaa ja aprikoi, uskaltaisiko vielä joskus ottaa lemmikin. Vielä ei ollut sen aika.

Sanna oli juuri päässyt kotiin, kun Linda soitti.

- Hei Linda.

Sanna ei edes uskaltanut kysyä vointia, niin murheellinen Linda oli ollut eilen illalla.

- Kiitos, Sanna, eilisestä, olen todellakin melkein elämäni velkaa sinulle. Olen sairaalassa vielä. Ilman sinua tilanne voisi olla paljon pahempi. Juttelen huomenna psykologin kanssa.

Linda kuulosti jo hieman virkeämmältä. Näin se elämä voi muuttua hetkessä. Sanna uskoi kuitenkin, että Linda toipuu.

Pahimmat pakkaset alkoivat onneksi hellittää. Seuraavat pari viikkoa olivat kiireisiä. Sannalla oli opettelemista uudessa työssään klinikalla. Työ oli mielenkiintoista ja palkitsevaa. Hän nautti siitä ja tunsi itsensä tarpeelliseksi. Työstä päästyään hän riensi Liisan luo. Heistä oli tullut hyvät ystävät. He nauroivat paljon ja tekivät jopa pieniä retkiä autolla.

Liisa oli maksanut Sannalle myös ensimmäisen palkan, oikea palkka verokirjalla. Ensin Sanna yritti protestoida, että siinä oli liikaa, mutta Liisa sanoi tietävänsä paremmin. Linda oli päässyt sairaalasta. Hän toipui nyt kotona, hänelle oli annettu sairauslomaa. Sanna oli käynyt hänen luonaan vierailulla. Oli surullista katsoa, mihin jamaan Linda oli joutunut. Nainen oli kuin varjo entisestään. Hän pelkäsi, että mies kostaa. Linda hiiviskeli hämärässä asunnossa, verhot kiinni, eikä uskaltanut mennä edes kauppaan. Kaikki tapaamiset piti sopia etukäteen puhelimella, koska Linda ei avannut ovea tuntemattomille tai yllätysvieraille.
- Tiedäthän, että voit aina soittaa minulle, Sanna sanoi. - Mieluummin tietenkin poliisille, jos tuntuu, että joku uhkaa.

Linda söi särkylääkettä ja rauhoittavia. Sanna oli huolissaan siitäkin. Lääkkeiden napsiminen voi helposti lähteä lapasesta. Lindan äiti tulisi viikoksi apuun, mutta sitten hänenkin piti palata töihin. Sanna oli neuvoton. Miten uhri voi joutua tuohon asemaan, kun tekijä puolestaan porskuttaa kuten ennenkin?

Perjantaina Liisa oli pyytänyt Sannaa tulemaan hieman myöhemmin. Liisa sanoi tilaavansa ruokaa ja onnistuneen yhteistyön kunniaksi tarjoavansa illallisen. Sannasta se oli hieno ajatus. Ruoka kelpasi aina.

Perjantaina illansuussa Sanna avasi Liisan oven omilla avaimillaan ja huuteli ovelta: - Moikka! Tulin jo nyt. Voin auttaa ruuan kanssa.

Takkia riisuessaan Sannan silmät osuivat vieraaseen toppatakkiin. Miesten takki? Ja kengät? Lievä ärtymys alkoi kasvaa Sannan mielessä. Liisa oli siis toteuttanut uhkauksensa ja haalinut tänne jonkun hepun. Sannan olisi pitänyt olla tiukempi. Hän ei halunnut mitään treffejä tai naimakauppoja. Nyt joku hienohelma luulee, että epätoivoinen Sanna on helppo saalis. Sannan teki mieli kääntyä ovelta takaisin, mutta hän ei halunnut loukata Liisaa. Hyväähän tuo tarkoitti.

Liisa tuli eteiseen.

- Mikäs sinua täällä pidättelee? Tule olohuoneeseen, täällä on eräs, joka sattui piipahtamaan ohi mennessään.

Tietenkin Liisa huomasi, miten raivoisaan Sanna oli. Se oli Liisan mielestä näköjään varsin huvittavaa.

- Sinulla on vieraita? Sanna kuiskasi Liisalle. - Olisit varoittanut. En ole edes hiuksia kammannut, vaatteetkin ovat ihan kaameat.

- Höpsis, Liisa sanoi tomerasti. - Näytät oikein kauniilta, kuten aina.

Aina? Liisalla oli aika huono näkö. Sanna seurasi kiusaantuneena Liisaa olohuoneeseen. Hän melkeinpä odotti näkevänsä laihan, terävänenäisen kreivin, valkoisessa puuteriperuukissa. Kuten yhdessä Liisan seinällä olevassa taulussa.

Nojatuolista nousi kuitenkin varsin söpö mies. Ensimmäiseksi Sanna pani merkille hymyn. Poskien hymykuopat olivat aseistariisuvat. Siniset silmät olivat kauniit, eikä hieman vallattomat hiuksetkaan saaneet pilattua vaikutelmaa, päinvastoin. Mies oli Sannaa pitempi, ja vartalo oli urheilullinen. Kaiken kukkuraksi miehellä oli tyylikäs ja istuva puku päällä.

Sannan kasvot sulivat hymyyn, kunnes hän muisti, että häntä oli vedätetty ja pahasti. Hän veti naaman peruslukemille.

- Mikael, sanoi mies ja ojensi kätensä.

- Sanna. Anteeksi, en tiennyt, että Liisalla on vieras. En osannut varautua... Sanna sanoi ja häntä nolotti vaatimattomat collegehousunsa ja huppari. Tuon pukumiehen rinnalla Sanna näytti kerjäläiseltä.

- Mikael nyt sattui tulemaan ja ajattelin, että kun on tuota ruokaakin, niin syödään yhdessä, Liisa touhotti.

Uskokoon, ken tahtoo. Sannaa otti päähän Liisan yllätys. Mikael oli taatusti joku aatelissuvun vesa, jonka Liisa yrittäisi nakittaa Sannan aviomieheksi. Eihän tuollainen mies valitse kumppania rahvaan joukosta. Vaimolla pitää olla oikea sukupuu, esi-isät vähintään kuninkaallisia. Tavallisella Sannalla ei olisi mitään mahdollisuuksia.

Sanna kattoi heille olohuoneen ruokapöydän. Liisa oli tilannut oikean juhla-aterian läheisestä ravintolas-

29

ta. Ruoka olikin erinomaista. Kaikille näytti maistuvan. Keskustelu sujui mukavasti, niitä näitä, Liisan kaatumisesta talven säihin.

Ruuan jälkeen he istuivat vielä kahvittelemaan, Sanna kauimmaiseen tuoliin, Liisa ja Mikael vierekkäin sohvalle. Sanna yritti välttää katsomasta Mikaelia, koska miehen kasvot saivat hänet väkisinkin hymyilemään. Onneksi Boris hyppäsi hänen syliinsä ja hän sai muuta ajateltavaa.

- Sanna pitää kovasti eläimistä, Liisa sanoi ja vilkaisi merkitsevästi Mikaeliin.

- Ahaa, minäkin pidän. Varsinkin hevosista. Ja koirista.

- Vai hevosista, Sanna sanoi.

- Ja koirista, Mikael lisäsi. - Miksei kissoistakin...

Mikael ja Liisa vilkaisivat toisiaan ja hymyilivät.

Sannaa alkoi kiukuttaa. Nuo kaksi tuntuivat tietävän jotain, mitä ei kerrottu hänelle.

- Mistä te kaksi tunnette toisenne? Sanna päätti iskeä takaisin.

- Minun setäni tunsi Liisan miehen. Olemme tunteneet jo monta vuotta, Mikael sanoi.

- Niin tietenkin. Vanhat suvut ja niin poispäin...

Sannasta tuntui, ettei hän kuulunut joukkoon verkkareineen.

- Liisa, jos et pahastu, taidan lähteä tästä kotiin. Ruuat ovat kylmässä ja aamiainen valmiina. Tulen huomenna taas käymään.

Sanna nousi lähteäkseen. Myös Mikael nousi.

- Lähden samalla ovenavauksella. Kiitos paljon ruuasta, Liisa.

Liisa saattoi heidät ovelle. Hän oli hieman epätietoinen, että kuinka tässä oikein kävi. Hän kuitenkin hyvästeli molemmat lämpimästi.

Sanna lähti laskeutumaan rivakasti rappusia. Sannan harmiksi Mikael seurasi, eikä jäänyt jälkeen yhtään. Ulko-ovella Sanna kääntyi ja sanoi Mikaelille: - Oli oikein hauska tavata. Toivotan sinulle hyvää jatkoa.

Hän kääntyi avatakseen oven, mutta Mikael tarttui ovenkahvaan.

- Miksi olet tuollainen? Mikael hymyili ja suuntasi kauniit silmänsä Sannan silmiin.

- Millainen?

- Tyly. Tai tylyhkö...Liisa kyllä varoitti, ennen kuin tulit, että saatat olla varautunut, mutta et kai voi tuomita ihmistä tuntematta.

Sannaa alkoi hävettää.

- Olet aivan oikeassa. Liisa pääsi yllättämään ja luulin, että hän halusi tehdä meistä paria. Apua, olenpa ollut hölmö. Mitä oikein ajattelin. Sinun piireissäsi ei varmaan tapahdu tällaista.

- Piireissä? Missä piireissä?

- No seurapiireissä. Rikkaiden ja hienojen ihmisten piireissä.

Mitä enemmän Sanna puhui, sitä idioottimaisemmaksi hän tunsi itsensä. Miten hän oli edes kuvitellut, että heistä oltaisiin tekemässä paria. Hehän pai-

nivat aivan eri luokassa. Tuo mies oli varmaan jo
naimisissa jonkun perijättären kanssa.

- Anteeksi. Olen todella pahoillani, olen yleensä
aivan kunnon ihminen.

Sanna halusi päästä pois kiusallisesta tilanteesta,
mutta Mikael seisoi oven edessä.

- Mistä olet saanut päähäsi, että olen rikas ja hieno?
No hieno ehkä... Mikael virnisti.

- Ensinnäkin tunnet Liisan. Joka on seurapiireissä. Ja
sinulla on arkipäivänä puku päällä! Puku! Sanna
melkein huusi ja tökki sormella Mikaelin rintaan.
Mikaelin kasvoilla oli leveä hymy.

- Ai niin, minulla on puku päällä. Sehän tarkoittaa,
että olen rikas ja kuuluisa.

- No varmaan oletkin, joku ruhtinas von böm-
mer...Sanna puhisi.

Nyt Mikael nauroi jo ääneen. - Sinä olet hauska,
Liisa oli oikeassa.

Sanna alkoi jo hieman rauhoittua. Ehkä koko ju-
pakka oli väärinkäsitys.

- Hmm, vai ruhtinas... Mikael näytti tuumivan asiaa.

- Valitettavasti joudun tuottamaan sinulle pettymyk-
sen, Mikael sanoi hymy suupielessä. - En ole aateli-
nen, enkä rikas. Minun setäni tunsi Liisan miehen,
koska hän huolsi heidän autoaan. Minä olen jatkanut
yritystä.

Ahaa, Sannalle valkeni. Jaguarin huollon pojat.

- Johditte minua harhaan, Sanna sanoi tuohtuneena.

- Eikä. Sinä teit ennakkoluuloinesi johtopäätökset

itse. Sitä paitsi en edes tiennyt, että sinä olet tulossa tai että Liisa tarjoaa ruokaa. Kuulostaa vahvasti siltä, että Liisalla on lusikkansa tässä sopassa.

Sanna oli hiljaa. Oliko hän tosiaan näin hölmö. Noloa.

- Olin tökerö. Mutta miksi puku? Pukeudutko aina illalliselle noin hienosti? Tai autohuoltoon? Mikael naurahti. - Voisinpa sanoa "kyllä", mutta en todellakaan. Tein yhden keikan iltapäivällä, autonkuljettajana. Meillä on pari vuokrattavaa autoa, joita ajan, häitä, polttareita tai yritystilaisuuksia. Ei sen kummempaa.

Sannan nolous oli jo potenssiin sata. Kunpa maa olisi niellyt hänet. Sanna seisoi hiljaa pää painuksissa.

- Voinko heittää sinut kotiin? Minulla on auto talon edessä.

- Ei tarvitse. Asun tässä lähellä, Sanna sanoi vaisusti.

- Silti. Ehkä sinun mielipahasi on vähän minunkin syytäni. Tule nyt vaan. Ulkona on kylmä.

Kuuliaisesti Sanna kulki Mikaelin perässä mustan Mersun luo. Mikael avasi oven ja Sanna istui autoon.

- Vai olisitko halunnut istua takapenkillä? Mikael hymyili. - Kuin prinsessa Diana?

Sanna ei voinut enää muuta kuin naura.

Kotiin päästyään Sannan oli pakko istuutua aloilleen hetkeksi. Hänellä oli levoton olo. Mikaelin kauniit silmät kummittelivat hänen mielessään ja Sannaa alkoi hymyilyttää. Mitä oikein oli tapahtunut? Ehkä ei yhtään mitään. Kenties Mikael tosiaan oli houkuteltu tulemaan Liisan luo samaan aikaan kuin hän. He molemmat olivat Liisan juonittelun uhreja. Ja Sanna hupsu oli kuvitellut, että Mikael olisi kiinnostunut hänestä. Hänen oli tunnustettava itselleen, että Mikael oli valloittanut hänet hetkessä. Hän itse oli pilannut kaiken käyttäytymällä nolosti.

- Palatakseni uudenvuoden lupauksiin... Ei miehiä. Elämä on helpompaa niin.

Mutta huomenna hän aikoi kovistella Liisaa tämän metkuista.

Liisalla olisi enää viikon kipsi kädessä. Sanna ei ollut edes ehtinyt miettiä, mitä sitten tapahtuu. Luultavasti Liisa pärjäisi yksikseen. Heistä oli kuitenkin tullut lyhyessä ajassa ystävät. Jos Liisalle sopi, Sanna halusi pitää yhteyttä jatkossakin, ilman palkkaakin.

Klinikalla oli töitä vielä reiluksi kuukaudeksi. Sitten olisi keksittävä jotain muuta.

3

Liisa, juonitteleva mummo

Seuraavana aamuna Sanna haki lämpimiä sämpylöitä Liisalle mennessään. Vaikka edessä oli ankaraa torumista, ei heidän tarvitsisi olla kuivin suin. Hän huikkasi huomenet ja Boris juoksi iloisesti häntä vastaan. Sanna silitti kissan selkää ja meni keittiöcn. Liisa istui jo pöydän ääressä. Sanna katsoi häntä ankarasti, mutta ei sanonut mitään. Hän kattoi pöydän ja istuutui Liisaa vastapäätä. Liisalla ei ollut tapana kursailla, joten hän nosti kissan pöydälle. Vain kuvainnollisesti, Boriksella ei ollut asiaa pöydälle, ainakaan jos joku sattui näkemään.

- Kuinka teidän loppuiltanne Mikaelin kanssa meni?

Sanna punastui ja katsoi Liisaa tuohtuneena.

- Sinä olit suunnitellut koko jutun? Mikael ei tiennyt, että minä rymistelen paikalle jumppavaatteissani. Miten sinä saatoit nolata minut sillä tavalla?

Liisa ei näyttänyt olevan moksiskaan Sannan toruista. Päinvastoin, hän näytti hyvin tyytyväiseltä itseensä.

- Minä kysyin, että miten teidän ilta meni?
- Ei mitenkään. Mikael heitti minut kotiin, siinä kaikki. Sekin selvisi, että Mikael on sinun Jaguarisi luottokorjaaja, eikä mikään aatelinen.

35

- Mistä sinä tyttökulta sait päähäsi, että Mikael olisi aatelinen? Minä en edes tunne aatelisia. No, ehkä pari, mutta he eivät kuulu ystäviini. Sanna ei osannut selittää. Liisa oli niin hienostunut ja itsevarma, että Sanna oli kuvitellut hänen kuuluvan seurapiireihin. Rahaakin tuntui olevan. Koti oli ylellinen. Tai ehkä syynä oli hänen oma huono itsetuntonsa. Hän oli maalta kotoisin, tavallinen työläistyttö. Heidän perheessään ei kehuja viljelty. "Vaatimattomuus kaunistaa". Sanna ei ollut koskaan tuntenut olevansa yhtä fiksu, kaunis ja suosittu kuin muut. Kun hän oli päätynyt seurustelemaan Pekan kanssa, äiti oli onnitellut häntä. Ihan kuin hänellä ei olisi ollut varaa valita, pakko tyytyä siihen mitä saa. Niinpä Sanna oli suunnitellut tulevaisuutensa Pekan varaan: avioliitto, lapsia, koti, koira, farmariauto. Tulevaisuus hajosi sirpaleiksi, kun Pekka jätti hänet. Samalla hajosi palasiksi Sannan itsetunnon rippeetkin. Eron jälkeen hän tunsi olevansa ruma, tyhmä ja surkea. Tämän lisäksi työtön, rahaton ja pian varmaan koditonkin.

Liisan yllättävä ystävyys oli kohottanut hänen mielialaansa. Sanna oli iloisempi, nauroi useammin ja näki toivoa tulevaisuudessa. Tämä sokkotreffiansa oli kuitenkin liikaa.

- Mikael ei tiennyt minusta sen enempää kuin minä hänestä, Sanna sanoi. - Tuskin me vahingossa osuimme samaan aikaan päivälliselle?

- Ette tietenkään, minä suunnittelin kaiken, Liisa sanoi sumeilematta. - Minusta te kaksi sopisitte hyvin toisillenne. Mikael on ihana, eikö vain olekin? Sanna katsoi edessään hekottelevaa mummoa. Mikä Amor hän kuvittelee olevansa. Posket punaisina Sanna tyytyi tuijottamaan sanattomana Liisaa.

- No onko ihana vai ei? Liisa tiukkasi. - Minusta ainakin hän on syötävän suloinen, ulkoisesti ja sisäisesti.

Sannaa alkoi hymyilyttää.

- On suloinen, Sanna tunnusti, - komea kuin mikä ja tuntuu mukavalta.

- No niin, arvasinhan, Liisa myhäili.

- Miksi Mikael ei sitten ole parisuhteessa? Sanna sanoi. - Aika ihmeellistä. Luulisi, että on vientiä.

- Jaa, en minä sitä tiedä, onko hän parisuhteessa, Liisa tokaisi muina naisina.

Sanna katsoi Liisaa silmät suurina.

- Että mitä? Paritat minua miehelle, joka voi olla naimisissa tai jopa perheellinen?

- Niin, tai vaikka suuntautunut miehiin päin, kuka tietää, Liisa tuumaili vakavana. - Eikö noin komeat pojat usein ole homoja? En minä tunne asiaa, mutta televisiosta olen nähnyt.

Sanna vaikeni. Mitä ihmettä Liisan päässä oikein liikkui? Mahtoiko kaatuminen sittenkin voittaa jotain hänen aivoissaan. Vai halusiko vanha nainen vain huvitella Sannan kustannuksella?

Liisa huomasi, että Sanna alkoi olla jo itkun partaalla.

- Anteeksi, menin liian pitkälle. Tarkoitin hyvää. Minusta sinä ja Mikael olette molemmat ihania ihmisiä ja ansaitsette onnen. En minä tiedä, onko Mikael sinkku. Kannattaa ottaa riskejä. Mitään ei saa, jos ei uskalla heittäytyä. En kyllä usko, että Mikael on parisuhteessa, naisen saati miehen kanssa. Jos olet kiinnostunut, ota selvää. Harvoin tapaa ihmisen, josta on edes vähän kiinnostunut. Sekin on jo lottovoitto.

Sanna päätti miettiä Liisan sanoja. Liisa oli oikeassa siinä, että oli suoranainen ihme, jos sattui tapaamaan miehen, joka veti puoleensa saman tien. Luultavasti Mikael ei tuntenut samoin. Se olisi ongelma.

- Oletko miettinyt mitä tapahtuu viikon päästä? Liisa vaihtoi puheenaihetta. - Minulla on lääkäri perjantaina, kipsi otetaan pois. Aiotko jättää minut?

- Olen miettinyt. En aio jättää sinua, Sanna naurahti, - vaikka viimeaikaiset tapahtumat eivät puhu puolestasi.

Sanna yritti näyttää ankaralta.

- Kiitos, Liisa sanoi. - Sitten ehdotan, että jatkamme työsopimusta toistaiseksi. Sinun ei tarvitse tulla joka päivä, ehkä muutaman kerran viikossa? Kaupassakäyntiä ja muuta sellaista.

- Tuo on hyvä tarjous, mutta en voi ottaa rahaa auttamisesta. Olet ystävä.

- Sanna, Sanna, sinä olet aivan mahdoton… Me teemme niin kuin minä sanon. Sillä sipuli. Minä en tästä nuorene ja tarvitsen apua päivä päivältä enemmän. Tietenkin saat lopettaa koska vain, en halua sitoa sinua mihinkään.

Sanna oli kiitollinen Liisan tarjouksesta. Tällä hetkellä taloudellinen tilanne oli hyvä, mutta klinikan työn loputtua rahat olisivat pian loppu. Liisan maksama palkka auttaisi selviämään pahimmasta. He kättelivät sopimuksen merkiksi.

Sanna lähti Liisan luota suoraan Lindalle. Hän oli pitänyt yhteyttä Lindaan päivittäin, mutta näytti siltä, ettei tilanne ollut parantunut yhtään. Linda oli ollut muutaman päivän itsekseen äitinsä lähdön jälkeen, eikä ollut käynyt ulkona kertaakaan.

Sanna soitti matkalta Lindan uuteen numeroon. Vanha numero oli suljettu Teron jatkuvien soittojen ja tekstareiden takia.

- Haloo…

Lindan hiljainen kuiskaus oli hädin tuskin kuultavissa.

- Linda, Sanna täällä. Tulen kohta käymään.

Puhelimessa oli pitkään hiljaista. Sanna ehti jo ajatella, että puhelu meni poikki, kun Lindan hiljainen ääni sanoi: - Tero on ovella. Ihan varmasti.

Sannalla menivät kylmät väreet. Oliko se totta vai Lindan harhaa, yhtä kaikki Linda tuntui olevan aivan kauhuissaan.

- Soita 112. Nyt heti. Poliisi tulee tarkistamaan paikat. Pysy sisällä, olen siellä muutamassa minuutissa.

Linda asui pienessä rivitaloasunnossa. Ovet ja ikkunat olivat maan tasalla. Se vähensi selvästi turvallisuudentunnetta. Sanna oli jo melkein perillä. Poliisi ei ollut vielä tullut. Hän soitti uudelleen Lindan puhelimeen.

- Sanna tässä. Voit tulla avaamaan oven.

Ketään ei näkynyt missään. Sanna vilkaisi ensin talon taakse ja sitten terassille. Tarkemmin katsoessaan Sanna näki terassille johtavat suuret kengänjäljet. Ne näkyivät aivan selvästi, koska päivällä satanut hienoinen lumikerros paljasti ne. Jäljet tulivat myös takaisin. Sanna otti puhelimellaan kuvan jäljistä.

Poliisiauto ajoi pihaan. Linda ei vieläkään ollut avannut ovea. Sanna soitti uudelleen.

- Linda, avaa ovi. Poliisi tuli.

Ovelta alkoi kuulua rapinaa. Linda kurkisti varovasti oven raosta. Sannan takana seisoi kaksi poliisia.

- Tulemme sisälle, Sanna sanoi.

Sitä ennen hän osoitti terassin suuntaan.

- "Jäljet", hän sanoi hiljaa.

Poliisi nyökkäsi, että oli ymmärtänyt viestin.

Heidän astuessaan olohuoneeseen Linda istui pelokkaana sohvan nurkassa.

- Kerrotko, mitä tapahtui? toinen poliiseista kysyi.

Kaikille oli selvää, että Linda ei ollut kunnossa. Hän oli peloissaan, kipeä ja ahdistunut.

- Olin lepäämässä, kun jostain alkoi kuulua koputtelua. Ajattelin ensin, että joku on ovella. Ovikello ei soinut. Jähmetyin sänkyyni ja kuuntelin, kuuluuko ääni uudelleen. Aivan kuin ikkunaan olisi koputettu. Sitten Sanna soitti ja sanoi tulevansa. Tämä tapahtui alle tunti sitten.

Poliisit vilkaisivat toisiaan.

- Ulkona ei nyt ole ketään. Emme voi tehdä paljonkaan. Meidän pitäisi saada tekijä kiinni verekseltään. Nyt lain mukaan ei ole tapahtunut mitään rikollista. Valitettavasti.

Linda purskahti itkuun. Sanna meni hänen viereensä lohduttamaan.

- Yksi asia minkä voisi tehdä on laittaa kamerat ovelle. Siitä jää todisteita, jos joku on käynyt. Muuta neuvoa en osaa antaa tässä kohtaa, poliisi sanoi.

Tämä ei varmasti ollut ensimmäinen kerta, kun poliisit olivat tässä tilanteessa.

- Kiitos. Teemme niin.

Sanna saattoi poliisit ulos. He kuvasivat vielä lumeen jääneitä jälkiä. Ne olivat lähtöisin todella suurista kengistä.

- Aivan varmasti Teron, Sanna sanoi poliiseille.

- Otamme nämä huomioon.

Miten turhauttavaa, ajatteli Sanna, mutta ei sanonut poliiseille mitään. Mikäs he sille voivat, laki on laki. Kaikilla on oikeuksia, rikollisillakin.

Sanna meni takaisin sisään. Linda oli keittänyt heille teetä. Hän yritti syödä jotain.

- Kiitos että tulit. Tunnen oloni nyt vähän hölmöksi,

poliisit ja kaikki. Ehkä kuvittelin turhia. Sanna ei ollut sanonut mitään jalanjäljistä. Ehkä oli parempi, ettei Linda tiennyt niistä. Verhot olivat kiinni yötä päivää, hyvällä tuurilla jäljet ehtisivät peittyä ennen kuin Linda kurkkaisi ulos.

– Parempi olla varuillaan. Hyvä, että soitit poliisille, Sanna sanoi. – Heti maanantaina täytyy tilata se valvontakamera. Joku saa tulla asentamaan kaiken valmiiksi. Jaksatko hoitaa sen?

– Luulen niin. Turvallisuusalan ihmisten luulisi olevan luotettavia, Linda hymyili jo vähän.

He istuivat vielä hetken. Sanna tarkisti vielä ovet ja ikkunat ennen lähtöään. Linda otti iltalääkkeet ja hyvästeli Sannan ovella.

Lauantai-ilta oli jo pitkällä, kun Sanna käveli iltahämärässä kotiin. Pakkanen oli taas kiristymässä. Huomenna Sanna aikoi nukkua pitkään, viettää päivän pyjamassa. Ystävä oli menossa Liisalle kylään, joten sinnekään ei tarvinnut mennä. Pitkästä aikaa kokonainen päivä ilman suunnitelmia.

Äkkiä Sanna tunsi miten häneen tartuttiin takaapäin. Nariseva lumi oli häivyttänyt kaikki äänet ja kosketus tuli täytenä yllätyksenä. Hän melkein kaatui, kun joku riepotteli häntä olkavarresta. Riepottelija oli voimakas, Sannalla ei ollut mitään mahdollisuuksia taistella vastaan. Sanna yritti kuitenkin säilyttää tasapainonsa ja kääntyi.

– Tero!

- Ai sinä tiedät kuka minä olen, mies sanoi. - Minä en tiedä kuka sinä olet, paitsi että tulet Lindan luota. Näin sinut. Soitit poliisit! Haluatte minut linnaan! Sanna mietti, kannattaisiko huutaa apua. Kadulla ei näkynyt ketään. Luultavasti Tero ehtisi tukkia hänen suunsa tai jotain vielä pahempaa. Tero roikotti häntä edelleen käsipuolesta.

Sanna katsoi lähes kaksimetrisen miehen silmiin. Miehessä kieltämättä oli tiettyä karskia viehätysvoimaa, jäänsiniset silmät näyttivät tässä tilanteessa tunteettomilta, mutta hyvin kauniilta. Jykevä leuka itsessään oli kuin miehisyyden symboli. Korkeat poskipäät tekivät kasvoista symmetriset. Toisissa olosuhteissa mies olisi voinut olla vaikka kansikuvapoika. Ei mikään ihme, että naiset lankesivat tähän machomieheen. Lindakin. Kauniina naisena Linda sai yleensä miehen kuin miehen, jos halusi. Jotain hyvää miehessä oli pakko olla, kun Linda oli häneen rakastunut, melkeinpä yhdellä silmäyksellä. Sannan oli vain kovin vaikea nähdä sitä, kun mies piti hänen käsivarrestaan kiinni. Se alkoi tehdä kipeää.

- Voisitko päästää irti, Sanna voihkaisi.

Tero irrotti kätensä, mutta seisoi Sannan edessä. Juoksemalla tuskin karkuun pääsisi, mietti Sanna vaihtoehtojaan.

- Mitä sinä haluat? Sanna kysyi.

- Haluan, että Linda ei puhu poliisille. Lyönti oli ihan vahinko. Lindan pitää antaa minulle anteeksi ja meistä tulee onnellisia.

Sannalta pääsi tahaton naurahdus.

- Nauroitko sinä? Tero karjaisi ja tarttui taas Sannaa molemmista käsivarsista. Sanna kengät eivät koskettaneet enää maahan. Hän tunsi olevansa kuin höyhen. Jossain muussa tilanteessa se olisi ollut kenties imartelevaa, mutta nyt Sannaa pelotti.

- Ei, en tietenkään, Sanna sanoi nopeasti ja Tero laski hänet maahan. - Minä vain ihmettelin. Teillä tuntui olevan kova riita? Lindan kasvoista päätellen…

- Linda on paha suustaan, Tero sanoi kiivaasti. - Se ärsytti tahallaan.

Sannan olisi nyt paras olla ärsyttämättä Teroa, jos halusi vielä päästä kotiinsa ehjin nahoin.

- Aivan, juu, niinhän se Linda on. Teidän täytyy selvittää välinne keskenään. Minä en voi toimia välikätenä. Ensin sinun pitää kuitenkin antaa Lindan parantua rauhassa. Älä vainoa häntä.

- Vainoa?! Enhän minä vainoa vaan rakastan.

Sanna astui askeleen kauemmas siltä varalta että Tero taas tempaa hänet ilmaan.

- Niin varmasti. Jospa nyt nukutaan yön yli. Parempi, että menet kotiin ja odotat muutaman päivän. Tai muutaman viikon.

Ison miehen päässä raksutti. Tero näytti vähitellen rauhoittuvan. Mitään sanomatta mies kääntyi ja lähti harppomaan takaisin.

Sanna lysähti kasaan. Hän veti hetken henkeä ennen kuin pystyi jatkamaan matkaa kotiinsa. Kotoa hän soitti vielä Lindalle ja siellä tuntui olevan kaikki hyvin.

Tapaamisestaan Teron kanssa hän ei kertonut. Mutta nyt hän tiesi miltä pelko tuntuu.

Lepopäivä oli enemmän kuin tervetullut. Sunnuntaina Sanna ei käynyt edes ulkona. Illalla Linda soitti ja kertoi kaiken olevan kunnossa. Äänestä päätellen Sanna epäili Lindan ottaneen muutamankin särkylääkkeen. Hän päätti maanantaina käydä katsomassa tilannetta.

Viikko klinikalla alkoi kiireellisissä merkeissä. Potilaita oli viikonlopun jälkeen taas paljon. Se oli tavallista. Asiakkaat odottivat viikonlopun yli säästääkseen laskussa. Eläinlääkärilaskut olivat korkeita. Monille pienituloisille lähes ylitsepääsemättömän korkeita. Joskus se saattoi tuottaa kärsimystä lemmikille, mikä suretti Sannaa.

Töiden jälkeen Sanna meni Liisan luo. Enää muutama päivä ja Liisa saisi kipsin pois.

- Moikka, huuteli Sanna, ja Boris löntysteli paikalle.

- Hyvää päivää, Boris. Mukavaa, että jaksoit vaivautua vastaan, Sanna nauroi ja rapsutti kissaa.

Liisa odotti Sannaa olohuoneessa.

- Sanna, tule tänne, komensi Liisa. - Heti nyt.

Mistäs nyt tuulee, mietti Sanna, mutta hän oli jo tottunut tottelemaan emännän käskyjä. Liisa näytti olevan tohkeissaan. Ilmeisesti sunnuntain vieras oli ollut mieluinen.

- Minulla on todella suurenmoisia uutisia, Liisa
aloitti, - meille molemmille.

Sanna kohotteli kulmiaan. Hän oli oppinut suhtautumaan Liisan suurenmoisiin uutisiin varauksella.

- Ystäväni kutsui minut juhliin ja minä otan sinut
mukaani. Eikö ole mahtavaa? Klaus kuuluu erääseen
yhdistykseen, jota en nyt tässä mainitse, mutta juhlissa on koko kaupungin kerma. Sanna, sinä voisit
tavata tällä kertaa vaikka oikean aatelisen, jos haluat.

Liisa katsoi Sannaa silmät säteillen, kuin odottaen,
että Sanna kapsahtaa kaulaan silkasta kiitollisuudesta.

Joko taas? Sanna ajatteli. Eikö tämä asia jo keskusteltu selväksi. Aatelinen tai ei, Sanna ei tarvinnut
Liisan napakymppi -virityksiä löytääkseen miehen.
Miten sen saisi mahtumaan Liisan päähän.

- Kiitos jälleen, mutta ole kiltti ja anna minun etsiä
mies itse. Tai olemaan etsimättä. Ja en ole varsinaisesti mikään juhlija. Minulla ei ole vaatteitakaan,
sinne tuskin mennään lötröissä verkkareissa, tukka
ponnarilla.

Liisa näytti pettyneeltä, kun Sannan innostus oli
odotettua vaimeampaa. Oikeastaan olematonta. Ilmeisesti Klausin vierailu oli piristänyt Liisaa ja hän
oli tavallistakin energisempi.

- No, annetaan ajatuksen hautua hetki. Juhlat ovat
parin viikon päästä lauantaina. Kipsi on silloin jo
pois, mutta luultavasti tarvitsen apua juhlissa. Jonkun, joka pitelee shampanjalasiani…

Liisa kikatteli kuin teini. Minkälainen mahdoton villikko Liisa oli mahtanut olla nuorena? Se oli kieltämättä hyvin sympaattista. Liisan innostus oli tarttuvaa.

- Minä tietenkin maksan sinulle, iltalisät ja muut asiaan kuuluvat korvaukset. Bonuksena voisin luvata kampaajan ja meikin sekä asiaankuuluvan asun. Pliis, Sanna, minä haluan sinne juhliin. Pliis? Kumpi heistä oikein oli aikuinen, hän vai Liisa 85v?

- Mietin asiaa. Vastaan huomenna, Sanna sanoi. - Ja sanonpa vain, ettei tämä ole mukavuusalueellani, ei sitten ollenkaan.

- Se on tullut varsin selväksi, Liisa tuhahti. - Mutta tyydyn päätökseesi. Jos en pääse juhliin, kuolen onnettomana. Se lienee sitten sinun syysi.

Nyt Liisa oli taantunut jo päiväkoti-ikäisen tasolle. Sannaa alkoi naurattaa.

Kotona Sanna pohti Liisan ehdotusta. Mitä enemmän hän sitä mietti, sitä vastenmielisemmältä ajatus tuntui. Mennä nyt pönöttämään vieraiden ihmisten keralla joihinkin tylsiin juhliin. Siellä kauniit ja rohkeat, rikkaat ja kuuluisat juhlivat tavalla mihin Sanna ei ole tottunut. Ei. Missään tapauksessa Sanna ei lähtisi mokomiin teeskentelyorgioihin.

Liisa kuitenkin halusi mennä. Hänelle täytyy löytää joku muu seuralainen. Se ei varmasti olisi vaikeaa.

Koska päätös oli kypsynyt, Sanna päätti soittaa Liisalle saman tien.

- Liisa, valitettavasti joudun kieltäytymään juhlistasi. Se ei tunnu oikealta. Enkä halua, että iltasi menee pilalle minun murjottaessa. Etsitään huomenna joku muu seuraksesi.

Liisa oli ihmeen hiljaa. Hän ei vastustellut, kiristänyt eikä uhkaillut.

- Tehdään niin. Kuunnellaan mitä lääkäri sanoo.

Liisa kuulosti puhelimessa niin rauhalliselta, että Sanna alkoi epäillä Liisalla olevan taas joku ketunhäntä kainalossa. Sana oli oppinut olemaan aliarvioimatta tätä vanhaa rouvaa, joka yleensä sai tahtonsa läpi, tavalla tai toisella.

Pari päivää meni, eikä Liisa maininnut juhlia lainkaan. Perjantaina Sanna saattoi Liisan lääkäriin. Kipsi otettiin pois ja kaikki näytti hyvältä.

- Kannattaa tehdä fysioterapeutin antamia harjoitteita, lääkäri sanoi. - Näin saat ranteeseen voimaa.

- Kestääkö ranne viikon päästä jo viinilasin? Liisa kysyi huolestuneena.

Lääkäri katsoi ensin Liisaa ja sitten Sannaa.

- Viinilasin kyllä, mutta litran tuoppia ei, lääkäri hymähti.

He olivat tulossa jo kotiin ja pysäyttäneet auton pihaan, kun Sannan puhelin soi.

- Se on Linda. Minun on vastattava.

Sanna ei ensin saanut mitään selvää Lindan puheesta. Se oli sekoitus hysteeristä itkua ja pelokasta ulinaa.

- Rauhoitu, Linda, rauhoitu. Mikä on hätänä?
- Tero hakkaa ovea. Hän tulee ikkunasta sisään! Se varmasti tappaa minut.
- Soititko poliisille?
- En...en pysty.
- Tulen sinne.

Sanna soitti 112 ja sen jälkeen kaasutti Jaguarin liikkeelle.

- Lähdemmekö jahtaamaan pahiksia? Liisa sanoi, kun Sanna kurvasi porttikongista tielle.
- Kyllä lähdemme. Onhan sinulla nyrkkirauta ja pesäpallomaila mukana?
- Nyrkkirauta on aina käsilaukussa, mutta kävelykeppi toimittakoon pesäpallomailan virkaa, Liisa sanoi tomerasti. - Nasta lautaan!

Viidessä minuutissa he olivat Lindan oven edessä. Tero huusi ja paukutti edelleen Lindan ovea. Mies ei huomannut heidän saapumistaan. Hän taisi olla tukevassa humalassakin.

- Aja päälle, Liisa karjaisi.

Sanna vilkaisi vieressään istuvaa mummelia vinosti.

- Mutta autohan menisi rikki. Se olisi suuri vahinko.

Sanna nousi autosta. Rohkeasti hän lähestyi Teroa, vaikka edellinen tapaaminen oli ollut pelottava.

- Tero! Lopeta heti.

Tero käännähti ja näki Sannan sekä autosta kömpivän Liisan takanaan. Hänen kasvoilleen tuli ivallinen

49

hymy.

- Ai, katsos… Linda sai apujoukkoja. Hiirulainen ja mummeli. Ja oikein Jaguarilla liikenteessä. Pääsisinkö koeajolle? Tuo voisi sopia imagooni.

Tero astui askeleen lähemmäs. Sanna astui vaistomaisesti taaksepäin, mutta Liisa astui askeleen eteenpäin. Sanna toivoi, ettei Liisa tekisi mitään yltiöpäistä. Hän oli juuri päässyt kipsistään, tässä ei nyt tarvittu uusia murtumia.

- Kuule poika, lopeta heti tuo hölmöily, Liisa sanoi. Hänellä tosiaan oli auktoriteettia, Sanna katsoi ihaillen.

- Poliisit ovat täällä hetkellä minä hyvänsä. Mitä sinä saat siitä, että kiusaat pienempiäsi. Naisia. Se on noloa. Varsinainen vässykkä!

Sanna näki miten Teron leukaperät kiristyivät. Mies oli raivoissaan. Pieni mummo uhitteli hänen edessään. Vahva mies saisi mummon lennätettyä yhdellä nyrkiniskulla vaikka puun latvaan. Kuitenkin jokin esti Teroa kohottamasta nyrkkejään. Kauempaa alkoi näkyä poliisiauton valot. Hetken Tero harkitsi mahdollisuuksiaan, mutta lähti sitten juoksemaan pois. Poliisit hyppäsivät ulos autosta. Sanna näytti, mihin suuntaan mies oli juossut. Poliisit lähtivät perään.

Linda avasi oven. Hänen silmänsä ja koko naama oli punainen itkemisestä ja kauhusta. Liisa ja Sanna menivät sisään.

- Tämä on pahempaa, kuin luulin, Liisa kuiskasi

Sannalle. - Tuo tyttö on hermoraunio. Jotain on keksittävä.

- Niin on, mutta mitä.

- Lindan pitää muuttaa maisemaa. Lähteä johonkin, mistä tuo roisto ei häntä löydä. Siksi aikaa, kunnes tilanne rauhoittuu.

- Mitä te kuiskitte? Linda kysyi.

- Miltä sinusta tuntuisi, jos lähtisit hetkeksi pois? Liisa sanoi. - Kokonaan uuteen maisemaan? Missä sinun ei tarvitsisi pelätä? Linda nyyhkäisi. - En tiedä. En tiedä enää mitään. Missään ei ole mitään järkeä.

Liisa kääntyi Sannan puoleen.

- Eikö sinun perheesi asu Lapissa? Ottaisivatko he Lindan luokseen hetkeksi?

Ehdotus yllätti Sannan. Ensinnäkään hän ei voinut kuvitella Lindaa jossain tundralla, missä lähimpään ostoskeskukseen on sata kilometriä. Toiseksi, kuinka Linda kestäisi hänen vanhempiaan, kun hän ei itsekään aina kestä. Kolmanneksi, miten Lappiin pääsee keskellä talvea? Sanna ei aja autoa tuhatta kilometriä pimeässä ja liukkaalla.

Aivan kuin Liisa olisi lukenut hänen ajatuksensa.

- Lentokoneella, lapsikulta, lentokoneella. Muutoksen pitääkin olla niin radikaali, että Lindan ajatukset saadaan pois tästä katastrofista. Soita vanhemmillesi ja kysy.

Eivät Sannan vanhemmat tietenkään mitään hirviöitä olleet. He olivat tavallista maaseudun väkeä, halusivat vain hyvää lapsilleen. Se oli selvä. Mutta tällainen yllätysvieras ei välttämättä sopinut heidän turvalliseen arkeensa. Sanna päätti kuitenkin soittaa.

- Sanna? Pitkästä aikaa.

Äidin ääni kuulosti yllättyneeltä ja samalla huolestuneelta. Tytär soitti yleensä vain kun jokin oli vialla.

- Äiti. Onko isä kotona? Entä Saku? Minulla on asiaa, laita kaiuttimelle.

Sanna oli mennyt makuuhuoneeseen puhumaan, ettei Linda kuulisi kaikkea.

- Sanna, sinä pelotat minua, äiti sanoi. - Mitä on tapahtunut?

Sanna kertoi Lindan tilanteesta. Hän kysyi suoraan, olisiko heillä mahdollisuus ottaa Linda kotiinsa hetkeksi, ehkä viikoksi, pariksi, kunnes hän toipuu. Tilaa isossa talossa oli tarpeeksi.

Äiti ei miettinyt hetkeäkään.

- Tietenkin voi, jos nämä meidän vaatimattomat olosuhteet vain kelpaavat.

- Kiitos, soitan kohta takaisin, kun olen jutellut Lindan kanssa.

Linda oli sillä aikaa jutellut Liisan kanssa ja oli jo paremmalla tuulella. Sanna nyökkäsi ja Liisa alkoi esitellä suunnitelmaa.

- Ai että minä lähtisin Lappiin?

- Kyllä, Liisa sanoi jämäkästi. - Kenties viikko, ehkä kaksi. Siellä sinun ei tarvitse pelätä mitään, paitsi ehkä susia ja jääkarhuja.

- Liisa lopeta… Sanna torui. - Oletko koskaan edes käynyt pohjoisessa?

- Nuorena ruskaretkellä, Liisa tokaisi. - Oli muuten hauska reissu.

Linda näytti miettiväiseltä. Ainakaan hän ei heti tyrmännyt ajatusta.

- Selvä. Jos vanhempasi tosiaan ovat niin ystävällisiä ja vieraanvaraisia, minä lähden.

- Sanna lähtee saattamaan. Varataan lentoliput aamuksi, Sanna voi palata sunnuntai-iltana takaisin.

Sanna kauhistui. - Ei minulla ole varaa lentolippuun.

- Minä tarjoan, Liisa sanoi. - Olkoon se sijoitus naisten turvalliseen elämään. Jaksatko Linda pakata laukun? Ota vaatteita pariksi viikoksi. Voit tulla minun luokseni ensi yöksi. Kone lähtee kahdeksalta, on aikainen lähtö.

Naiskolmikko lähti asunnosta matkalaukkujen kanssa. Linda antoi asuntonsa avaimet Sannalle.

- Jos viitsit, käy silloin tällöin vilkaisemassa, mitä tänne kuuluu.

Liisa lupasi lainata heille autoaan lentokentälle.

Matkalaukut jäivät Jaguariin odottamaan seuraavaa aamua.

Matkalla pohjoiseen

Sanna heräili tunnin välein katsomaan kelloa. Herätys oli viideltä, mutta hän nousi jo vähän yli neljä. Hän ei saanut nukuttua jännitykseltään. Linda oli jäänyt nukkumaan Liisan "palvelijanhuoneeseen". Hän oli nukahtanut heti päästyään pitkäkseen.

Sanna oli Liisan ovella ennen sovittua aikaa, mutta molemmat naiset istuivat jo kahvipöydässä.

- Huomenta. Kaikki hyvin? Sanna kysyi.

- Jännittää, mutta muuten olen kunnossa, Linda sanoi. - Tämä saattoi tosiaan olla hyvä idea, koska ajatukseni ovat jo nyt muualla kuin Terossa.

Ulkona oli kuulas pakkaskeli, onneksi ei satanut lunta. Sannaa jännitti silti lähteä ajamaan. Matka sujui kuitenkin hyvin. Pian he istuivat jo lentokoneessa. Matka kestäisi vain reilun tunnin. Sannan veli oli luvannut tulla heitä vastaan. Kentältä oli vielä tunnin ajomatka Sannan kotiin.

- Minkälainen sinun veljesi on? Linda kysyi yllättäen. - Onko hän naimisissa? Tyttöystävää?

- Ai Saku? No ihan tavallinen törppö. Kiusasi minua aina pienenä. Meillä on vain parin vuoden ikäero. En oikeastaan tiedä, onko Sakulla vakituista tyttöystävää. Ei ainakaan viimeksi ollut. Kai sillä jotain naisia on... en tiedä.

- Mitä Saku tekee työkseen?

Sannaa ihmetytti Lindan kysymykset, mutta kai hän halusi tutustua isäntäperheeseensä etukäteen.

- Jonkun sortin eräopas se on, Sanna sanoi. - Vie etelän turisteja laavulle ja tunturiin. Seuramies. Sanna havahtui itsekin siihen, ettei tiedä veljensä elämästä juuri mitään. Ehkä pitäisi pitää yhteyttä hiukan useammin. Saku oli hauska ja velmu. Pienenä Sannaa ärsytti veljensä jatkuvat käytännön pilat, mutta aikuisena niitä muisteli lämmöllä. Saku oli taatusti suosittu turistien keskuudessa, mies oli hyvä suustaan, mutta aina kohtelias ja ystävällinen.

Lento laskeutui ajallaan. He jäivät odottamaan Lindan matkalaukkuja, kun muut matkustajat pääsivät lähtemään käsimatkatavaroiden kanssa jo ennemmin. Saku heilutteli heille lasin takana.
- Onko tuo Saku? Linda sanoi. - Aika kivannäköinen! On teissä jotain samaa.

Sanna kääntyi katsomaan Lindaa. Alkaako vanha Linda löytyä vähitellen sieltä murjotun olemuksen alta.

Sanna hymähti. - Selvä, hauskaa että olet sitä mieltä.

Saku tervehti tyttöjä, pakkasi laukut autoon ja he lähtivät ajamaan. Ensimmäinen poro tuli vastaan jo lentokentällä. Linda hihkui "katsokaa poro"!
- Mitäs sinä nykyään puuhaat? Saku kysyi Sannalta.
- Kuulin, että pääsit vihdoin eroon siitä Pekasta.

- Pekka kylläkin jätti minut, Sanna korjasi. - Hoidan eläimiä ja pidän seuraa eräälle vanhalle rouvalle, Liisalle. Vaihteeksi kuuluu siis hyvää.

- Onko poikaystävää?

- Ei ole, Sanna sanoi, - eikä varmaan tulekaan. Minusta tulee vanhapiika.

- Ei varmasti tule, kun Liisa yrittää vimmatusti etsiä hänelle aatelista aviomiestä, Linda huuteli takapenkiltä.

Sakun virnistys ei tiennyt hyvää. Sanna saisi taatusti kuulla vielä useasti aatelisista poikaystävistä. Saku ei jättäisi tällaista tilaisuutta käyttämättä kiusatakseen Sannaa.

- Vai aatelisista...myhäili Saku. - Sillä lailla, sisko, sillä lailla.

Isä ja äiti olivat vastassa, kun he ajoivat pihaan. Yhtäkkiä Sanna tajusi, miten oli kaivannut perhettään. Miksi hän oli kärsinyt eron ja potkut yksin, kun olisi voinut tulla kotiin? Täältäkin voisi löytää työtä. Ehkä hänen pitäisi muuttaa pohjoiseen.

Lindalle oli varattu oma huone talon päädystä. Sinne oli oma sisäänkäynti, sekä oma kylpyhuone ja keittiö.

- Saku vie sinut maanantaina kauppaan, jos tarvitset jotain. Osta sitten kaikki kerralla, kauppaan on yli kolmekymmentä kilometriä, äiti sanoi Lindalle. - Ja yhteen suuntaan...

Linda jäi asettumaan uuteen kotiinsa.

Sanna istui tutulla sohvalla. Äidin kysymyksistä ei
tullut loppua. Miksi erositte Pekan kanssa? Kuka se
Liisa oikein on? Mikä ihmeen eläinklinikka? Ei ka:
se Lindan mies uhkaa sinua? Onko sinulla ketään
rakasta?

- Ei vielä, mutta kohta hääkellot soivat, Saku hekot-
teli. - Liisa järjestää Sannalle aatelisen miehen, krei-
vin tai ruhtinaan. Von Lötjösen.

Äitiä nauratti, vaikka hän arvasi, että Sakun sutka-
ukset eivät aina olleet Sannan mieleen.

- Liisa-rouva taitaa olla kunnon ihminen? Suostuu
auttamaan vierasta tyttöäkin.

- Autattehan tekin, Sanna sanoi. - Kiitos siitä.
He istuivat juttelemassa myöhään yöhön. Linda
liittyi heidän seuraansa ja koko porukka meni vielä
ihailemaan revontulia. Sanna oli pitkästä aikaa täy-
sin onnellinen. Tätä täydellistä rauhaa hän oli kai-
vannut etelässä.

Aamu ja päivä menivät liian pian. Sannan piti läh-
teä takaisin. Hän tunsi kiusausta jäädä kotiin.

- Mitä jos jään tänne?

- Ja jättäisit von Lötjösen ilman vaimoa? Saku hirnui
riemuissaan. - Ei tule kysymykseenkään. Etelän ve-
telät odottavat prinsessaansa. Autoon siitä. Kone e:
odota.

Sanna hyvästeli Lindan. Kasvojen haavat alkoivat
parantua. Menisi kuitenkin vielä viikkoja ennen kuin
Linda olisi täysin terve.

- Kiitos Sanna, en unohda tätä. Jos haluat asua kämpässäni, ole hyvä vaan. Ainakin siellä on sauna.
- Ehkä käynkin saunomassa. Soitellaan.

Paluumatka oli tylsääkin tylsempi. Kone oli täynnä Lapista palaavia, metelöiviä nuoria laskettelijoita. Tunti kesti ikuisuuden. Vihdoin Sanna oli taas Jaguarin ratissa matkalla Liisan luo. Sanna ajoi auton talliin. Hän soitti Liisan ovikelloa. Liisa tuli avaamaan.

- Tervetuloa kotiin, miten meni?
- Oikein hyvin.

Liisa huomasi, että Sanna oli allapäin. Arvatenkin koti-ikävä vaivasi.

- Kuule, pidä pari päivää vapaata. Tule vasta keskiviikkona töiden jälkeen.

Sanna ei vastustellut. Hän oli väsynyt.

Keskiviikkona Sanna oli taas oma pirteä itsensä. Hän soitti ovikelloa ja meni sitten avaimella sisään Liisan asuntoon.

- Moikka! Mitä kuuluu?

Liisa tuli eteiseen.

- Näytät olevan hyvällä tuulella? Se on oikein hyvä. Meillä on paljon asioita.

Sannan kuudes aisti varoitti häntä, suorastaan huusi. Liisalla oli jotain mielessä, se on varma.

- Kuulepas, me lähdemme nyt shoppailemaan, Liisa sanoi. - Juhlavaatteita. Lauantaina on juhlat, muistatko?

- Muistan…Sinulla on juhlat, Sanna sanoi epävarmasti.
- Ja sinulla, Liisa sanoi ja katsoi Sannaa tiukasti silmiin. - Sinulla myös.
- Mutta minähän sanoin…
- Uskoakseni olet minulle palveluksen velkaa.
Sanna punastui. Hän oli Liisalle melkeinpä elämänsä velkaa, mutta silti kiristys tuntui uskomattoman pahalta. Miten Liisa saattoi?
- Aivan. Olet oikeassa.
- Ja nyt hypätään autoon ja mennään tähän osoitteeseen, Liisa ojensi Sannalle paperilapun.
Sanna ei sanonut matkalla sanaakaan. Hän ei olisi uskonut, että Liisa kykenee tällaiseen. Rouva oli itsepäinen ja vaativa, mutta että pakottaa nyt toinen johonkin, mitä ei hän halua.
Liisan antamassa osoitteessa ei ollut vaatekauppaa. Siinä oli joku outo design-liike. He menivät kuitenkin sisälle. Liisa näytti tietävän, mitä tekee.
- Hei, Liisa -kultaseni, nainen tuli halaamaan Liisaa lämpimästi. - Ja tässäkö on Sanna? nainen ojensi kätensä.
Kuuliaisesti Sanna kätteli naista.
- Tännepäin, rakkaat leidit.
He menivät takahuoneeseen. Se oli täynnä vaaterekkejä, joissa roikkui erilaisia asuja. Teatterin takahuone näytti varmaan samanlaiselta.
- Sanna, Sanna, ihana neito. Sinun ylläsi mikä tahansa asu olisi kaunis. Katsotaanpa hieman värejäsi.

Mitkä ihanat silmät! Vihreään vivahtavat ruskeat. Upea iho. Sallitko, että avaan hiuksesi? Nainen levitteli Sannan kiharat olkapäille.

- Upeaa. Katsotaanpa sitten. Nainen meni möyrimään rekkien väliin. Pian hän palasi pitkän tummansinisen puvun kanssa.

- Kokeillaan tätä. Aivan sinun värisi.

Sanna oli kiusaantunut. Mutta Liisan tiukan katseen alla hän ei uskaltanut vastustella. Hän meni pukemaan leningin ylleen. Kun hän kääntyi peiliin päin, hän hengähti yllättyneenä. Hän hymyili peilikuvalleen. Puku oli upea. Puvun väri toi tosiaankin hänen silmänsä esiin erikoisella tavalla. Miten tämä voi olla edes mahdollista.

- Miltä näyttää? Sanna kuuli naisen äänen verhon takaa.

Sanna astui ulos kopista. Molemmat naiset huokasivat ihastuksesta.

- Tuo se on. Kiitos Rebekka, jälleen kerran, Liisa sanoi. - Tuotko molemmat puvut lauantaina? Neljän aikaan voisi olla sopiva.

- Asia selvä.

Paluumatkallakaan Sanna ei saanut sanottua mitään, vaikka hän oli haltioissaan ihanasta puvusta. Ei kai hän nyt mistään kivestä ollut veistetty. Tietenkin hän piti kauniista tavaroista. Hänellä vaan ei koskaan ole ollut varaa niihin.

- Olen varannut sinulle lauantaiksi kampaajan, Liisa

sanoi, kun he olivat kotona. - Ole ajoissa. Tule sen jälkeen tänne. Olen järjestänyt kaiken.

Sannan ei auttanut muu kuin totella. Lauantaista tulisi jännittävä päivä.

Lauantaina kampaaja loihti Sannan hiuksista jotain niin upeaa, että Sanna melkein pillahti itkuun.

- Äläs nyt itke, laitetaan meikki, niin pääset juhliisi. Eikä sitten pipoa päähän, kampaaja nauroi.

Rebekka oli jo käynyt tuomassa puvut, kun Sanna tuli Liisan luo.

- No ohhoh! Liisa hymyili. - Melkoinen muutos. Tiesinhän minä, että olet kaunotar, mutta että noin kaunis. Ohhoh!

Sanna oli mielissään Liisan kehuista. Ehkä juhlat eivät olleetkaan niin huono ajatus, kuin aluksi tuntui. Sanna pääsi harvoin mihinkään. Tuskin koskaan. Rahaa ei ollut mihinkään ylimääräiseen.

Myös Liisalla oli kaunis asu yllään ja upeat korut, luultavasti kaikki aitoja. Kaikesta huomasi, ettei Liisa ollut ensimmäistä kertaa asialla. Vanha rouva oli itsevarma ja tyylikäs, kuten aina. Sannaa harmitti, ettei hänellä ollut mummun korua kaulassaan. Hän oli saanut jo puolet rahasta säästöön. Luultavasti hän saisi korun ulos panttilainaamosta maaliskuussa.

- No niin, tyttö, nyt lähdetään pitämään hauskaa! Ovikello soi.

- Kyytimme saapuu.

Sanna meni ovelle. - Mikael?

Mikael katsoi epäuskoisena edessään seisovaa upeaa naista.

- Sanna?

- Höpinät pois, nuoriso, nyt mennään, Liisa tulla tohotti ulos.

He seisoivat hiljaisina hississä. Mikael ja Sanna katsoivat toisiaan peilin kautta ja hymyilivät. Sanna olisi melkein voinut potkaista Liisaa, kun näki tämän myhäilevän heidän takanaan. Oliko tämä taas joku juoni. Yhtä kaikki, Sannasta oli ihana nähdä taas Mikael. Mies oli vielä ihanampi kuin hän muisti.

Musta Mersu odotti oven edessä. Mikael avasi auton takaoven Liisalle. Sen jälkeen hän avasi toisen takaoven Sannalle.

- Ole hyvä. Samalla hän kumartui Sannan puoleen ja kuiskasi: - Näytät kauniilta.

Sanna istahti Liisan viereen posket punaisina, hymy huulilla.

He ajoivat vartin verran ja tulivat valaistun kartanon luo. Mikael pysäytti auton oven eteen, tuli avaamaan ovet ja naiset astuivat ulos.

- Hauskaa iltaa, Mikael toivotti.

Sanna katsoi hätääntyneenä Mikaeliin. Kunpa mies voisi tulla mukaan. Yhtäkkiä Sannaa alkoi kauhistuttaa edessä oleva ilta. Liisa huomasi Sannan pakokauhun. Hän tarttui Sannaa käsipuolesta, ettei tämä ainakaan pääsisi karkuun.

- Kello kymmenen takaisin, Liisa huikkasi Mikaelille ja lähti kävelemään rappusia ylös.

Sanna kääntyi vielä katsomaan taakseen, mutta Mikael oli jo lähtenyt.

- Muutama tunti, koita nyt kestää, Liisa sanoi kärsimättömästi.

- Ajattele, että tämä on vain työtä.

- Anteeksi, en halua olla kiittämätön, saati pilata iltaasi. En vain ole tottunut tämmöiseen.

- Ymmärrän. Huomasitko muuten, miten Mikael ei saanut silmiään irti sinusta, Liisa härnäsi toivoen, että saa Sannan ajatukset muualle. - Jos ei muuta niin ainakin yhden miehen huomion sait vangittua.

Sisällä oli paljon vieraita. Liisa tervehti väkeä oikealla ja vasemmalla. Nämä ihmiset olivat selvästi Liisan vanhoja tuttuja. Liisa esitteli Sannan ystävänään. Sanna ei pysynyt enää kärryillä, monenko ihmisen kanssa hän oli kätellyt. Liisa hyöri salissa, keskusteli ja nauroi. Hänellä näytti olevan hauskaa. Nuoria oli aika vähän. Taisi olla oletettua vaikeampaa löytää aatelinen aviomies, Sanna mietti eikä ollut siitä lainkaan pahoillaan.

Sanna tunsi taputuksen olkapäässään ja käännähti.

- Hyvää iltaa, huomasin sinut ja halusin tulla esittäytymään.

Sannan edessä seisoi mies, ehkä neljänkymmenen. Miehellä oli tumma, tuuhea tukka, tummat silmät ja terävä nenä. Aatelinen? Sannaa alkoi naurattaa.

- Henrik Sandström, hauska tutustua.

- Sanna.
- Tulit Liisa Sellgrenin kanssa, oletko sukua?
- En ole. Ystävä.

Henrik näytti arvioivan Sannaa päästä jalkoihin, kuin olisi ollut ostamassa uutta autoa. - Olet hyvin kaunis. Asu imartelee hienosti vartaloasi.

Hyvin suorasukaista, tuumi Sanna ja alkoi olla vaivautunut. Hän yritti etsiä katseellaan Liisaa, mutta hän oli kadonnut jonnekin.

- Lähtisitkö kanssani tanssimaan? Henrik ehdotti ja tuli lähemmäksi. - Tai drinkille?

Sanna astui askeleen taaksepäin.

- Valitettavasti minun pitää odottaa tässä, Sanna alkoi tuntea jo lievää pakokauhua. Tuon limanuljaskan kanssa hän ei lähtisi mihinkään.

- Mitä sinä pelkäät, tyttö hyvä, minun kanssani sinä olet turvassa.

- Sanna, siinähän sinä olet, Liisa purjehti paikalle Klausin kanssa. - Ja Henrik, sinäkin.

- Tein juuri tuttavuutta ystäväsi kanssa, Henrik näytti harmistuneelta Liisan väliintuloon.

- Aivan, totta kai, eikö hän olekin ihana, oikea kaunotar. Ei siis mikään ihme, että hänellä on upea poikaystävä.

Liisa katsoi tiukasti Henrikiä, joka siirtyi vastahakoisesti takavasemmalle.

- Onneksi tulit, aivan hirveä heppu.

- Henrik on joka pippaloissa metsästämässä. Yleensä joku onneton nuori nainen sortuukin, luullen iskeneensä kultasuoneen, kunnes totuus paljastuu.

- Totuus?

- No... en rasita sinua yksityiskohdilla, mutta Henrik ei ole mikään kultasuoni.

Liisa ja Klaus katsoivat toisiaan merkitsevästi.

- Kuinka olet viihtynyt juhlissa, Klaus kysyi Sannalta vaihtaakseen puheenaihetta.

Sanna ei olisi halunnut valehdella saati pahoittaa kahden mukavan ihmisen mieltä.

- Oikein hyvin, kaikki on niin erilaista ja hienoa, Sanna sai kuitenkin puserrettua ulos.

Liisa nauroi hersyvästi.

- Ei sinun tyttökulta tarvitse narrata. Tiedän, että tämä on sinulle kauhistus. Kiitos kuitenkin, että lähdit mukaani. Ota tämä kokemuksena ja verkostoitumistilaisuutena. Maailmassa vaan on niin, että joku tuntee jonkun, joka tuntee toisen. Suhteista saattaa olla jossain tilanteessa hyötyä.

Tällä hetkellä Sanna ei nähnyt niin pitkälle. Nämä piirit olivat niin kaukana hänen omastaan, että heidän polkunsa tuskin kohtaisivat. Onneksi kello oli jo yhdeksän. Pian täältä pääsisi pois.

- Haittaako sinua, jos lähdetään jo nyt? Liisa kysyi Sannalta.

Leveä hymy paljasti Sannan jo ennen kuin hän sanoi mitään. - Ei haittaa.

Klaus antoi Liisalle suudelman poskelle.

- Tulen huomenna käymään.

Noilla kahdella tuntui olevan jotain vispilänkauppaa, Sanna mietti.

Oli huojentavaa nähdä Mikaelin odottavan heitä pihalla. Sanna olisi voinut juosta raput alas kuin Tuhkimo konsanaan. Mikael oli hänen prinssinsä. Mutta Sanna laskeutui alas hillitysti, Liisa käsipuolessaan.

- Iltaa, arvon naiset.

Mikael ei tinkinyt tyylistään. Hänellä oli puku yllään ja maailman ystävällisin hymy kasvoillaan.

- Vie minut ensin, Liisa sanoi. - Sitten viet Sannan kotiin.

Sanna avasi suunsa sanoakseen ettei häntä tarvinnut viedä mihinkään, mutta Liisa nosti sormen huulilleen. - Shh!

Liisa sanoi, että Sanna voi pitää sunnuntain vapaata, Klaus tulisi käymään. Okei, halutaanko hänestä eroon...Sanna aprikoi, mutta antoi asian olla.

Ulkona oli alkanut sataa vähän lunta. Kadut olivat liukkaita. Mikaelin kyyti oli kuitenkin vakaa ja turvallinen. Sanna saattoi Liisan ylös asunnolleen ja auttoi häneltä korut ja juhlavaatteet pois.

- Minä pärjään nyt, Liisa sanoi. - Älä anna Mikaelin odottaa.

Sanna katsoi vielä kerran peilistä upeaa asuaan ja kaunista kampausta. Oli hiukan sääli riisua puku. Hänellä oli kuitenkin vanha tuttu ja turvallinen college, johon voisi sujahtaa.

- Ei sinun nyt sitä mekkoa tarvitse riisua, tuo se maanantaina. Rebekka hakee asut vasta loppuviikos-

66

ta. Mene nyt, Mikael odottaa siellä pakkasessa, hätisteli Liisa.

Sanna astui hissiin ja yhtäkkiä häntä alkoi jännittää hirveästi. Mikaelin kohtaaminen kahden kesken sai hänen ihonsa kihelmöimään ja sydämen tykyttämään. Entä jos Mikael ei tuntenutkaan samalla tavalla? Silmäpeli hississä oli saanut Sannan hormonit hyrräämään. Mikael saattoi kuitenkin olla naistenmies. Eri tyttö joka ilta. Kaikilta keikoilta tarttuu mukaan joku nainen.

Tai sitten Sanna oli kuvitellut kaiken. Mikael oli vain kohtelias, hän oli asiakaspalvelun ammattilainen. Mies kyyditsisi Sannan kotiin, kuten oli Liisalle luvannut. Luultavasti Liisa maksoi keikasta ihan hyvin. Lyhyellä hissimatkalla Sannan tunteet olivat heilahdelleet kympistä nollaan. Nyt hän kuitenkin päätti elää hetkessä, tarttua tilaisuuteen, jos sellainen suotaisiin, tuli mitä tuli. Toivottavasti tuli.

Mikael nousi autosta avaamaan Sannalle oven. Lunta tuli koko ajan enemmän. Maisema oli kaunis, kun liikennettä ja ihmisiä ei ollut sotkemassa jälkiä. He istuivat autossa hiljaa. Lumihiutaleet hiuksissa sulivat pois lämpimässä autossa.

- Kotiin? Mikael sanoi ja laittoi vilkun päälle ja lähti liikkeelle.

Valtava pettymyksen aalto tulvahti Sannan yli. Mikael halusi päästä hänestä pian eroon. Ajatukset romantiikasta, läheisyydestä tai edes vaivaisesta suu-

67

delmasta olivatkin vain Sannan mielikuvituksen tuotetta. Sanna kaipasi kosketusta. Loppumetrit suhteessa Pekan kanssa olivat olleet hankalia, Pekka oli vältellyt häntä. Vasta myöhemmin Sanna oli tajunnut miksi. Pekalla oli ollut uusi naisystävä kuukausien ajan. Jos Mikael nyt osoittaisi minkäänlaista kiinnostusta edes yhden yön juttuun, Sanna olisi siihen valmis. Sekin olisi tyhjää parempi. Asiat eivät kuitenkaan näyttäneet etenevän siihen suuntaan. Sanna oli vain asiakas asiakkaiden joukossa. Vaikka Sanna oli tavannut Mikaelin vain muutaman kerran, silloinkin pikaisesti, hän piti miehestä. Paljon, mikä yllätti hänet itsensäkin. Hän piti tämän kohteliaasta käytöksestä, hymykuopista, naurusta ja huumorintajusta. Kenties Mikael muistutti jollain lailla hänen veljeään, paitsi ettei Mikael pilaillut niin estottomasti Sannan kustannuksella kuin Saku. Sanna hymähti, hänellä tuli ikävä veljeään. Ehkä hän soittaisi Sakulle vielä illalla. Samalla voisi kysyä Lindan kuulumisia.

Mikael ajoi auton Sannan oven eteen. Sanna keräsi pussinsa ja kassinsa syliinsä. Mikael ei kuitenkaan noussut autosta avaamaan ovea kuten tavallisesti.

- Tämäkin vielä, Sanna puhisi itsekseen. - Palvelukin loppuu.

Sanna alkoi etsiä kädellään ovenkahvaa päästäkseen ulos.

- Odotas hetki, Mikael sanoi.

Sanna käännähti ja tunsi Mikaelin huulet huulil-

laan. Suudelman jälkeen Mikael katsoi Sannaa uteli-
aana kuin aprikoiden, oliko tehnyt virheen. Tulisiko
sieltä läimäys kasvoihin?

Sannalla kesti hetken toipua yllätyksestä, mutta
sitten hän suuteli Mikaelia takaisin hurjemmin kuin
ketään koskaan. Liisalle hän voisi kertoa tiedoksi,
että Mikael ei todellakaan ollut homo.

- Onneksi suutelit minua, Sanna sanoi kun he istui-
vat autossa katsoen toisiaan. - Ehkä minun säälittä-
vässä elämässäni on vielä toivoa.

- Hiukan epäsopivaa, että kuljettaja suutelee asiakas-
taan, Mikael sanoi. - Aikamoinen riski piti ottaa.
Viettini ottivat vallan…

- Viettisi… Sanna nauroi. - Nyt otat semmoisen ris-
kin, että viet auton parkkiin ja tulet minun luokseni
yöksi. Asunnossa ei ole juurikaan huonekaluja, eikä
muutakaan sisustusta, itse asiassa yksiö on ihan hir-
veä, mutta ainakin sänky siellä on, Sanna sanoi suo-
raan. - Toivottavasti viettisi eivät ole vielä luopuneet
vallasta, koska haluan sinut nyt mukaani.

Koskaan ennen Sanna ei ole ollut näin suorasukai-
nen, mutta koskaan ennen hän ei ollut halunnut ke-
tään niin paljon kuin Mikaelia, juuri nyt, tällä hetkel-
lä. Millään muulla ei ollut väliä. Jos Mikael nyt kiel-
täytyy, se olisi nöyryyttävää ja surullista.

Mikael ei sanonut mitään. Sannaa alkoi hiljaisuus
kauhistuttaa. Hän tarjosi miehelle ruumiinsa ja sie-
lunsa, mutta mies vain istui hiljaa.

- En voi. Minun on pakko mennä kotiin, Mikael sanoi, - minua odotetaan siellä.

Tuntui kuin Sannan päälle olisi heitetty sangollinen jäävettä. "Odotetaan siellä". Kahdesta Liisan uhkakuvasta toinen realisoitui: Mikael on perheellinen, ainakin suhteessa. Mikael on kuin onkin peluri, iskee naisia työpaikalta, pussailee, puhuu mukavia, saa nämä ihastumaan. Illan lopuksi palaa vaimon viereen nukkumaan. Sanna olisi voinut vajota maan alle häpeästä. Kerrankin hän oli toiminut spontaanisti ja estottomasti. Tunnustanut ihastuneensa ja näin siinä sitten kävi. Nöyryytys oli totaalinen. Itku ei ollut kaukana. Itse asiassa kyyneleet alkoivat jo valua poskia pitkin. Hän ei halunnut näyttää niitä Mikaelille. Kunpa vain pääsisi jotenkin täältä autosta...

Sanna löysi ovenkahvan ja syöksyi ulos. Hän juoksi ovelle ja kaivoi samalla avaimia laukustaan. Hän halusi päästä äkkiä sisälle itkemään pahaa oloaan. Mikaelia hän ei halunnut nähdä enää koskaan.

- Mitä sinä nyt? Mikä sinulle tuli? Mikael oli tullut hänen peräänsä. - Itketkö sinä?

- No en todellakaan itke, Sanna sanoi ja alkoi nyyhkyttää hysteerisesti. Mitä enemmän hän yritti estää, sitä kovemmin hän parkui.

Mikael otti hänet syliinsä ja lohdutti, vaikka ei näyttänyt tietävän ollenkaan mistä oli kysymys. Sannan hienot meikit pyyhkiytyivät Mikaelin valkoiseen paitaan.

- Mi..mi..minä pesen kyllä paitasi, Sanna sai sanottua nyyhkytysten välissä. - Ehkä lian saa pois tahranpoistoaineella. Tai soodalla vai oliko se leivinjauhe...

- Tämä on lempipaitani, Mikael katsoi Sannaa ankarasti silmiin.

- Tai oikeastaan tämä on ainoa paitani... joten paras olisikin saada se putipuhtaaksi.

Sannaa alkoi hymyilyttää.

- Älä valehtele. Luultavasti kotonasi on valtava valaistu vaatehuone, jossa roikkuu rivissä kymmeniä silitettyjä paitoja. Ja kenkiä, kaikki kiillotettuja. Laatikosta löytyy Rolexit.

- Mitä? James Bondiksiko sinä minua luulet, Mikael naurahti.

- Jotain sinnepäin... Sanna sanoi. - Mutta ilman muuta pesen paidan, tämä on minun syytäni. Kiitos kyydistä. Hyvää yötä.

Sanna kääntyi avaamaan ovea.

- Äläs nyt mene mihinkään, Mikael työnsi oven kiinni. - Uskon kuulleeni, että pyysit minut mukaasi, ihailemaan sänkyäsi? Olenko väärässä? Eikö se ollutkaan iskurepliikki?

Sannaa harmitti. Minkä takia Mikael piinasi häntä.

- Niin taisin tehdä, kun luulin, että sinulla on viettejä. Taisit sanoakin jotain sinnepäin, jos en väärin muista. Minulle tuli kuitenkin hyvin selväksi, että sinua odotetaan muualla. Joten näkemiin!

Sanna alkoi taas työntää avainta lukkoon.

- Niin odotetaan, minun on pakko mennä kotiin. Siksi haluan, että sinä tulet minun mukaani. Meille.

Sanna katsoi Mikaelia suu auki. Mies oli hullu. Vai oliko Mikaelin parisuhde joku outo perversio, jossa on monta osapuolta. Sellaiseen Sanna ei taivu. Yksi mies, yksi nainen. Ei muita. Sehän nähtiin jo Pekan kanssa, kun suhteessa olikin kolme.

- Melkein arvaan mitä ajattelet, näen sen ilmeestäsi, Mikael virnisti ja Sannan oli taas pakko todeta olevansa toivottoman ihastunut tähän sinisilmään, joka aivan ilmeisesti huijasi häntä jotenkin.

- Laita nyt se avain jo pois ja tule autoon. Minä vien sinut meille. Meillä on koko yö aikaa puhua. Tai sitten voin näyttää sinulle, millainen sänky minulla on. Ei se tietenkään niin hieno ole kuin sinulla...

Sanna oli voimaton Mikaelin hymyilevien kasvojen edessä.

- Ihan sama...

- "Ihan sama" kelpaa minulle, Mikael sanoi.

He menivät autoon ja Mikael lähti ajamaan.

5

Agentti vai maajussi

He olivat ajaneet muutaman kilometrin hiljaisuuden vallitessa. Sanna oli rauhoittunut ja alkoi vähitellen nauttia tilanteesta. Tämä kaikki oli erilaista ja

jännittävää. Hän oli matkalla vieraan miehen kotiin.
Toivottavasti tämä ei ollut sarjamurhaaja.
- Oletko naimisissa? Sanna kysyi. - Avoliitossa?
Kihloissa? Tyttöystävää? Poikaystävää?
Mikael nauroi ääneen.
- Pidän sinua jännityksessä.
Miten ärsyttävä tyyppi, ajatteli Sanna, mutta hiton
hyvännäköinen.
- Oliko sinulla ja Liisalla hauskaa juhlissa? Mikael
kysyi. - Lähditte aikaisemmin kuin piti. Väsyikö
Liisa?
- Liisa ei taida olla koskaan liian väsynyt juhlimi-
seen, Sanna sanoi. - Hän oli juhlissa kuin kala ve-
dessä. Liisa näyttää kaiken kukkuraksi löytäneen
poikaystävän, Klausin. Pusuttelivatkin juhlissa kuin
mitkäkin teinit, ja huomenna Klaus menee Liisan luo
kylään.
- Hmm, kuulenko äänessä katkeruutta? Mikael heitti.
- Liisalla kävi flaksi, entä sinulla? Oliko ketään aate-
lista tyrkyllä aviomieheksi? Varmaan noin nätillä
tytöllä oli lauma ihailijoita.
- No ei ollut!
Olisikin ollut, Sanna harmitteli itsekseen. Joku muu
kuin hirveä Henrik. Ehkä hän olisi tällä hetkellä jos-
sain muualla kuin autonkuljettajan autossa matkalla
johonkin outoon ryhmätapaamiseen. Oliko Sanna
tosiaan näin epätoivoinen? Olipa surkeaa.

Vartin päästä he ajoivat talon pihaan. Pilkkopimeässä ei erottanut oikeastaan mitään. Vain yksi valo syttyi ulko-ovelle ja sinne he menivät. Sanna otti mukaan kassinsa ja pussin, missä oli hänen collegeasunsa. Hän halusi vihdoin päästä eroon tästä kovanonnen juhlamekosta. Sen taika ei näyttänyt tehoavan Mikaeliin.

Mikael sytytti valot eteiseen. Se oli lasikuisti, vanhan puutalon ihana lasikuisti. Kesällä luultavasti pelargoniat kukkisivat ikkunalaudalla. Kuistilta mentiin sisään taloon.

- Hessu! Hessu, tänne! Mikael alkoi huutaa, kun pääsi sisälle.

Hessu? Sannan kissan nimi oli Hessu. Voi sentään, rakas Hessu. Oliko Mikaelillakin kissa? Vai oliko kyseessä sittenkin se poikaystävä...

- Minun kissani nimi oli Hessu, Sanna sanoi ihmeissään.

Pian pimeydestä alkoi kuulua raskaita askelia. Joku otus rymysi rappusia alas vauhdilla, ihminen se ei ollut. Eikä taatusti kissa.

Mikael kyykistyi ja suuri saksanpaimenkoira juoksi hänen luokseen, vingahdellen ja nuolaisten kasvoja. Iloinen jälleennäkeminen kesti vähän aikaa.

- Rauhoitu, Hessu. Tässä on Sanna. Sanna, Hessu.

Sannakin kyykistyi rapsuttelemaan koiraa. Hessu oli kaunis ja voimakas koira. Hyvin hoidettu ja sopusuhtainen, näki Sanna heti ammattilaisen silmin.

- Lasken Hessun ulos, mene sinä jo peremmälle.

Tulen kohta.

- Onko täällä vielä muita? Sanna kuiskasi aivan hiljaa. - Kuten vaimo tai peräti äiti?

- Ei pitäisi olla ketään, mutta mistäs sitä koskaan tietää...

Mikael ei vaan malta lopettaa, ajatteli Sanna, mutta meni muitta mutkitta sisälle. Ulkona oli kylmä ja oli ihana päästä lämpimään tupaan.

Ja tupa se olikin. Suuri vanhan ajan tupa, missä oli oikea puilla lämmitettävä takka ja leivinuuni. Pirtinpöytä, jonka ääreen mahtui monta ihmistä syömään. Näytti sieltä löytyvän myös modernimpaa tekniikkaa, kuten astianpesukone ja kahviautomaatti.

Sanna istahti keinutuoliin odottelemaan Mikaelia. Vanha talo oli yllätys. Sanna oli olettanut tyylikkään pukumiehen asuvan isossa kerrostaloasunnossa, ylimmässä kerroksessa, näköala ydinkeskustaan. Sisustus olisi skandinaavinen, vaalea ja pelkistetty. Jossain nurkassa olisi kuntoilulaitteita ja tosiaan - se suuri vaatehuone. Ehkä Sanna sekoitti Mikaelin James Bondiin.

Se mitä Sanna nyt näki, ei kalvennut skandinaavisen sisustuksen rinnalla, ei ollenkaan. Melkeinpä päinvastoin. Sannan kotona oli juuri tällaista, kotoisaa ja lämmintä. Tämä tuntui tutulta. Luultavasti tämä oli Mikaelin vanhempien talo. Sanna kuitenkin toivoi, ettei jostain kohta kömmi esiin vanha pariskunta, joka alkaa tentata tyttöä "onkos tämä se meidän miniäehdokas".

Mikael ja Hessu tulivat sisään. Koira ravisteli itsensä ja lumi lensi ympäri lattiaa. Turkki oli märkä.
- Ai olet löytänyt jo emännänpaikan? Mikael tuli lähelle, nojasi keinutuolin käsinojiin ja kumartui suutelemaan Sannaa. Noustessaan hän koski Sannan niskaan kylmillä käsillään. Sanna kiljaisi. Aina piti keppostella...
- Lunta tulee koko ajan lisää. Pääset huomenna lumitöihin, Mikael sanoi.
- Älä unta näe, Sanna sanoi kipakasti.
- En näe unta, näen lunta, Mikael sanoi ja kaivoi kaapista viinipullon. Hän kaatoi laseihin juomaa ja toi lasin Sannalle.
- Minun on nyt pakko riisua tämä likainen paita. Voit sitten lumitöiden jälkeen pestä sen. Mikael hävisi johonkin. Pian hän palasi yllään valkoinen t-paita.
- En vaihda vielä pukua, kun sinullakin on tuo juhlaleninki. Se on upea ja sopii sinulle täydellisesti. Odotas, laitan jotain musiikkia ja haen sinut tanssimaan.
Hetken kuluttua he liikkuivat lattialla musiikin tahdissa, toisiaan silmiin katsoen.
- Olet minulle arvoitus, Mikael. En oikein pääse perille, oletko lintu vai kala.
- En kumpikaan. Sanna, minä luen sinua kuin avointa kirjaa, Mikael ilmoitti ja kuulosti hävyttömän itsevarmalta.
Niin taidat tehdä, mietti Sanna eikä tiennyt oliko se

hyvä vai huono asia. Mikael varmasti tiesi, että Sanna on ihastunut. Eikä Sanna edes yrittänyt leikkiä vaikeasti tavoiteltavaa. He tanssivat, istuivat, joivat viiniä, nauroivat ja puhuivat aamutunneille.

Mikael otti Sannaa kädestä.

- Väsyttää. Haluatko nukkua vierashuoneessa vai tuletko minun viereeni?

Suudelma riitti vastaukseksi, kun he menivät makuuhuoneeseen.

Sanna nukkui sikeästi ja pitkään. Kun hän heräsi, kello oli melkein kymmenen. Hymy levisi hänen kasvoilleen. Viime yö oli ollut ihana. Vaikka heidän jutustaan ei koskaan tulisi mitään, ainakin hänellä olisi tämän yön muisto.

Sininen juhlamekko oli näköjään siististi henkarilla. Hän itse ei muistanut laittaneensa sitä siihen. Sanna katseli ympärilleen, mutta ei nähnyt vaatepussiaan. Mikael oli jossain. Varmaan koiraa pissattamassa.

Sanna loikoili vielä sängyn pohjalla mielessään eilisen illan kuumat muistot. Onneksi lähdin Mikaelin mukaan, Sanna unelmoi. Kunpa Mikael tulisi pian takaisin. Ehkä tässä ehtisi vielä…

Sannan hekumallinen ajatus katkesi kuin kananlento, kun huoneen ovi avautui ja sieltä sisään säntäsi nuori nainen. Tyttö oli Sannaa nuorempi muutaman vuoden, vaaleatukkainen ja hyvin kaunis. Naiset katsoivat toisiaan kauhuissaan.

77

- Anteeksi, en tiennyt, että täällä oli joku, tyttö sanoi, mutta ei liikahtanut mihinkään. Hän vain tuijotti peiton alla kyyhöttävää Sannaa. - Tiedätkö, missä Mikael on?

Sanna koitti kerätä arvokkuuden rippeensä.

- Tuota noin, en.

Hetken vielä tuijotettuaan tyttö hymyili. Hänellä oli kauniit hymykuopat. Sitten mitään sanomatta tyttö säntäsi taas ulos huoneesta.

Voiko mitään nolompaa enää tapahtua? No, parempi ettei noidu, koska aina voi. Aina voi tapahtua jotain vielä nolompaa. Sanna ei tiennyt miten pääsisi täältä susirajan takaa edes kaupunkiin. Pitäisi varmaan soittaa taksi. Ensin pitää kyllä löytää vaatteet...

Oliko nainen Mikaelin tyttöystävä? Jos oli, ihmeen rauhallisesti tämä oli ottanut sen tosiseikan, että heidän sängystään löytyi toinen nainen. Sannaa hävetti. Hän oli kysynyt moneen kertaan, onko Mikaelilla vaimo. Oliko mies oikeastaan kieltänyt asiaa missään vaiheessa? Sanna jäi miettimään eikä ollut enää varma.

Tehty mikä tehty. Nyt pitää päästä täältä pois ja pian.

Sanna mietti vielä vaihtoehtoja, kun Mikael tuli huoneeseen. Hän kömpi sänkyyn Sannan luo ja suuteli tätä. Hän oli jo kiipeämässä saman peiton alle, kun Sanna ehätti hätiin.

- Kuulepas gigolo. Montako naista olet hoidellut jo

tämän aamun aikana? Sanna sanoi ankarasti ja kiskaisi vihaisesti peiton Mikaelin päältä.

- Häh? En vielä yhtään, mutta kysy hetken päästä uudelleen.

Pirskatti sentään, Mikael sai Sannan pikkurillinsä ympärille pelkällä katseella ja hymyllä.

- Hetkinen nyt, James Bond, täällä kävi äsken yksi sinun naisistasi etsimässä sinua. Pitäisiköhän sinun nyt kuitenkin mennä hänen luokseen.

Mikael ei ensin näyttänyt ymmärtävän ollenkaan, mistä Sanna puhuu. Pian kuitenkin lamppu syttyi.

- Kävikö Vanessa täällä? Tietenkin. Pahoittelut.

- "Pahoittelut"? Eikö sinulla ole muuta sanottavaa kuin pahoittelut.

- Olisi minulla paljonkin sanottavaa, mutta kun sinä olet niin kaukana. Tule tänne, lähemmäksi.

- Kuka tämä Vanessa on? Vaimosi?

- Ei tietenkään. Usko jo, ettei minulla ole vaimoa, eikä tyttö- eikä poikaystävää.

Mikael hivuttautui jälleen lähemmäksi ja Sannaa heikotti, hyvällä tavalla. Hän oli näköjään sulaa vahaa tämän Casanovan käsissä.

- Kuka on Vanessa? Sanna vaati saada vastauksen.

- Hölmö pikkusiskoni, Mikael sanoi. - Hänellä on hevosia tuolla tallissa, siksi hän pyörii täällä kuin kotonaan. Missään nimessä Vanessa ei asu täällä. Pitää varmaan vaihtaa lukot...

Pikkusisko? Selvä. Kenties tilanne ei ollutkaan niin paha kuin Sanna alkuun luuli. Yhtä kaikki, ensi tapaaminen oli ollut nolostuttava Sannan kannalta.

- Missä minun vaatteeni ovat? Hae ne. Sanna komensi Mikaelia ja työnsi häntä kauemmas.

Mikael näytti pettyneeltä.

- Taas kerran pikkusisko tuli sotkemaan kaiken. Haen vaatteet, jos annat suukon.

Ennen kuin Sanna ehti tehdä mitään, ovelta kuului vaativa koputus.

- Mikael! Oletko siellä? Tarvitsen apua.

Mikaelin kulmakarvojen väliin ilmestyi harmirypyt. Sekin näytti Sannan mielestä vain söpöltä. Hän taisi tosiaan olla korviaan myöten ihastunut.

- Olen varattu, Mikael huusi ja iski Sannalle silmää.

- Myöhemmin sitten.

- Ei, nyt heti. Diamondilla on jalassa jotain.

- Hittolainen...Tulen heti, Mikael nousi ylös sängystä.

Hän nosti lattialta Sannan vaatteet.

- Sori, pakko mennä. Keittiössä on kahvia. Palaan heti kun pystyn.

Sanna kuuli kuinka ovi kävi. Äänet olivat huolestuneita. Toivottavasti kaikki oli kunnossa.

Sanna meni keittiöön ja otti kuppiin kahvia. Ilmeisesti Hessukin oli ulkona, koska koiraa ei näkynyt. Takka oli lämmitetty jo tänä aamuna, kylki oli kuuma. Kuinka aikaisin Mikael oli mahtanut nousta.

Kahvit juotuaan Sanna päätti lähteä ulos. Ehkä hän löytäisi tien tallille. Eteisessä oli rivi saappaita, Sanna otti niistä sopivimmat jalkaansa. Naulakossa oli myös jonkun sortin työtakkeja, ehkä niitäkin voisi lainata. Asianmukaisesti sonnustautuneena Sanna avasi oven ja haisteli raikasta pakkasilmaa. Lunta oli tullut yli kymmenen senttiä. Piha oli suuri, kuten vanhoilla tiloilla aina.

- Siinäpä on kolattavaa, Sanna ajatteli.

Kauempana näkyi iso rakennus, sen täytyi olla talli. Sanna avasi suuren hallin oven ja lempeä hevosen tuoksu tulvahti heti nenään. Sitä oli pitkästä aikaa ihana haistella. Hän oli oikeassa paikassa.

Tallissa oli varmaan parikymmentä paikkaa, mutta hevosia oli karsinoissa vain muutama. Sanna lähti ääntä kohti. Pian hän löysikin Mikaelin ja Vanessan. Ruskea hevonen näytti rauhattomalta.

- Moi. Mikä hätänä?

Mikael ja Vanessa nostivat katseensa ja näyttivät huolestuneilta. Ei jäänyt epäselväksi, että nämä kaksi olivat sukua toisilleen, niin samannäköisiä he olivat.

- Luultavasti kaviopaise, sanoi Vanessa. - Varmaan kenkä osunut kiveen.

Sanna meni pilttuuseen, taputteli ja rauhoitteli hevosta.

- Pitää varmaan soittaa eläinlääkärille, Mikael sanoi.

- Sunnuntai, saakohan ketään edes kiinni, mutta minkäs teet. Ei eläintä voi pitää kivuissa.

Sanna kumartui ja tunnusteli hevosen jalkaa. Siellä tuntui kuumotusta.

- Kenkä pitää ottaa heti pois. Onko hevosella rokotukset kunnossa?

- Rokotukset on kunnossa, mutta en saa kenkää pois,
Vanessa katsoi silmät suurina Sannaa, joka otti suvereenisti ohjat käsiinsä.

- Kuka teidän hevoset kengittää? Asuuko hän jossain lähellä?

- Naapurissa Pentti. Mikael, käy hakemassa Pentti tänne nyt heti.

Mikael lähti juoksemaan ulos tallista.

- Kun kenkä on saatu pois ja paise toivottavasti puhkaistua, tarvitaan haude. Teillä on varmaan Betadinea? Tuo lämmintä vettä. Hae myös muovipussi ja ilmastointiteippiä valmiiksi.

Vanessa lähti juoksemaan taloon. Sanna jäi taputtelemaan hevosta.

- Ei hätää, kohta helpottaa.

Kymmenessä minuutissa Mikael palasi Pentin kanssa. Pentti oli vähintään kuusissakymmenissä, kuitenkin riuska mies. Hän tervehti Sannaa ja meni Diamondin luo.

- Otan kengän pois, katsotaan sitten.

Vanessa oli palannut hoitotarvikkeiden kanssa. Hän meni rauhoittelemaan hevosta. Pentti sai nopeasti kengän irti, puhdisti kavion ja laittoi yhdessä Vanessan kanssa kavioon hauteen. Hevonen rauhoittui, joten kipu oli selvästi jo hellittänyt.

- Kannattaa kuitenkin kutsua huomenna eläinlääkäri käymään. Saatetaan tarvita antibiootti.

- Kiitos paljon Pentti, Vanessa oli helpottunut.

Mikael lähti viemään Pentin takaisin kotiinsa. Sanna jäi vielä tallille Vanessan kanssa.

- Kiitos sinullekin, Vanessa sanoi. - Ja minä olen muuten Vanessa. Jäi aamulla esittelyt tekemättä. Olin niin ällistynyt, että Mikaelilla oli nainen.

Vanessa naurahti. Ilmeisesti aamullinen kohtaus huvitti häntä.

Sannalle nousi lievä puna poskiin. - Olen Sanna.

- Missä olet oppinut hevosista noin paljon? Hienosti toimittu.

- Olen eläintenhoitaja. Joskus teininä jopa ratsastinkin, en vuosikausiin enää. Tämä on siis sinun tallisi?

- Olen aloittelemassa, toiveena olisi saada tästä kannattava bisnes. Toistaiseksi ei oikein hyvältä näytä. Diamond on minun oma hevoseni. Lisäksi on pari hoitohevosta. Olisin puilla paljailla, ellei Mikael antaisi minun olla täällä ilmaiseksi. Annoin itselleni aikaa ensi syksyyn. Ellei siihen mennessä ala olla toimintaa, lopetan.

Rohkea tyttö, ajatteli Sanna. Olisipa minullakin noin peloton suhtautuminen tulevaisuuteen. Kenties olisin saanut enemmän aikaan elämässäni.

He menivät takaisin taloon. Vanessa otti leivinuunista höyryävän padan.

- Ruokaa? Kuka neropatti keksi laittaa ruuat leivinuuniin?

- Eiköhän se Mikael ole, Vanessa nauroi. - Veljeni on monipuolinen mies.

He kattoivat pöydän ja asettuivat syömään.
Mikael tuli hikisenä ja lumisena.

- Piti tehdä Pentin lumityöt, hän sanoi hengästyneenä. - Palvelus palveluksesta. Käyn äkkiä suihkussa.
Mikael palasi pian suihkunraikkaana, pörrötti Sannan hiuksia ja istui pöytään.

- Olette näköjään löytäneet ruuan, hyvä. En ehtinyt leipoa, kun tuli niin kiire.
Sanna mietti, oliko Mikael tosissaan. Tosin epäilemättä Mikael osaisi myös leipoa, miksi ei.
He vaihtoivat muutaman sanan Diamondin hoidosta. Vanessa tilaisi huomenna lääkärin. Lisäksi hän kävisi illan mittaan katsomassa, miten potilas jaksaa.

- Ja nyt, olisiko sinun aika lähteä kotiisi? Mikael sanoi Vanessalle. - Meillä on hiukan "juttuja" kesken Sannan kanssa.

- Ai mitä juttuja... Vanessa kiusasi veljeään.
Jaahas, samaa maata ovat veli ja sisko.

- Onko teitä sisaruksia muuten enemmänkin... Sanna kysyi.
Mikael ja Vanessa katsoivat toisiaan ja purskahtivat nauruun.

- Ei onneksi. Me vain, Vanessa vastasi ja nousi ylös tuolistaan. - Hyvä on, minä lähden, mutta minä tulen takaisin.

- Et tule, jos ehdin vaihtaa lukot, Mikael tokaisi ja töni sisartaan kohti ovea.

- Et sinä sunnuntaina saa ketään töihin kuitenkaan, nauroi Vanessa mennessään.

Sanna meni istumaan, kun Mikael korjasi ruuat pois pöydästä. Hän touhuili niin tottuneesti, että mies ei todellakaan ollut ensimmäistä kertaa keittiöpuuhissa.

- Kuulepas sinä, verkkarihousu siellä, Sanna huuteli.
- Mitä olet tehnyt James Bondille? Tulin tänne eilen tyylikkään pukumiehen kanssa ja nyt täällä heiluu joku turhapuro? Sanna hymyili leveästi. Häntä huvitti miehen muodonmuutos. Lökäpöksyissäänkin Mikael näytti hyvältä. Mutta puvussa kerta kaikkiaan fantastiselta. Mikael vilkaisi huvittuneena Sannaa. Hän laittoi tiskirätin kuivumaan ja tuli Sannan luo.
- Elän kaksoiselämää. Öisin olen salainen agentti ja päivisin maajussi. Tohtori Jekyll ja Mr. Hyde.

Mikael suuteli Sannaa.

Tälle maajussille alkaisin morsiameksi vaikka heti, haaveili Sanna.

Iltapäivällä Mikael ja Sanna loikoilivat sängyllä. Sanna oli ajatuksissaan. Tätä vuotta oli kulunut vain muutamia viikkoja ja hänen elämänsä oli muuttunut aivan kokonaan. Hän ei olisi voinut vielä jouluna uskoa, että tammikuussa hänellä olisi työtä, uusia ystäviä ja jopa mies sängyssään. Niin vain kävi.

- Onko sinulla autokorjaamokin? Sanna kysyi.
- On minulla. Tai siellä on pari hyvää tyyppiä töissä, jotka hoitavat oikeastaan kaiken.
- Mikä kuvio tämä autonkuljettajana toimiminen on?

- Se on hauskaa, Mikael sanoi. - Tein huvikseni muutamia keikkoja ja pidin siitä. Minulla on muutamia vakkariasiakkaita, kuten esimerkiksi Liisa, joiden ajoja ajan. Otan vain ne keikat, mitkä haluan. Mahtavaa, ajatteli Sanna. Miten toiset pystyvätkin järjestämään elämänsä noin. Tekevät, mitä haluavat.
- Entä tämä tila? Vai onko tämä tila, maatila, kysyi Sanna taas.
- Johan nyt on kysymyksiä... Mikael huokasi. - Etkö sinä vieläkään luota minuun?
- Haluan tietää, tämä kaikki on kiinnostavaa - ja inspiroivaa. Ihailen Vanessaa, kun hän uskalsi tehdä noin hurjan päätöksen ryhtyä yrittäjäksi. Nuori nainen.
- Miksi ei uskaltaisi? Antaa mennä vaan.
- Onko tämä vanhempiesi tila? Sanna ei antanut periksi.
- Ei, kyllä minä olen ostanut tämän ihan itse. Tai enhän minä tätä omista vielä pariinkymmeneen vuoteen. Joten saapas nähdä, saanko maksettua sen vai en.

Miten kukaan voi olla noin huoleton? Sanna mietti ihmeissään. Oliko hänen omassa asenteessaan jotain pahasti vialla, kun suri asioita, joita ei ollut vielä edes tapahtunut. Sanna tunsi, että hänellä olisi paljon opittavaa Mikaelilta ja Vanessalta.

Mikael nousi ja veti Sannan mukaansa.
- Tässä olisi vielä ne lumityöt. Laita takki päälle.
- Eei....yritti Sanna, mutta oli turha vastustella. Ulos

oli mentävä.

Hessu odotti jo ovella häntä heiluen. Onneksi Mikaelilla oli hallissa traktori, jolla enimmät lumet sai lykittyä suhteellisen vikkelään. Sanna harjasi portaita ja pikku polkuja. Hän viuhtoi posket punaisina, kun tunsi jotain tömähtävän selkäänsä. Hän kääntyi ja toinen lumipallo osui olkavarteen.

- Oikeasti? Heititkö sinä minua lumipallolla? Senkin kakara!

- Nämä eivät pysy kunnolla kasassa, Mikael pyöritteli jo seuraavaa palloa.

- Lopeta heti!

Hessu oli innostunut, kun näki pallon lentävän. Se juoksi Mikaelin luo. Pallo lensi kohti Sannaa, mutta Sanna väisti sen.

- Haahaa, siitäs sait.

He telmivät lumessa kuin lapset. Sanna ei muistanut, koska viimeksi olisi ollut näin vilpittömän onnellinen kuin nyt.

- Kiitos, tämä on ollut ihana päivä, Sanna sanoi, kun he makasivat hengästyneinä vielä hetken lumihangessa. - Ja yökin oli ihana. En unohda tätä koskaan.

- Ihan kuin olisit menossa johonkin, Mikael sanoi.

- Niin olenkin, vietkö minut kaupunkiin. Huomenna on työpäivä, arki jatkuu. Tämä oli vain suloinen uni.

- Minä ainakin olin hereillä, sekä yöllä että päivällä, Mikael virnuili. - Etkö sinä ollut? Se vasta olisi outoa.

- Hölmö! Sanna heitti lunta Mikaelin naamalle ja

juoksi karkuun.

Alkoi hämärtää. He joivat kuumaa kaakaota ja istuivat sylikkäin takkatulen lämmössä. Pian tämä kaikki olisi ohi. He eivät olleet puhuneet mitään jatkosta.

- Lähdetään.

Sanna silitti Hessua. Hän katsoi vielä ympärilleen, kuin haluten muistaa jokaisen yksityiskohdan tästä lämpimästä tuvasta. Mikael ajoi auton ulos tallista. Sanna istui taas Mersun etupenkillä. Oliko se vasta eilen, kun hän tuli tänne itkusilmässä? Ja nyt hän oli onnensa kukkuloilla.

Mikael lähti ajamaan kohti kaupunkia.

6

Arki ilman Mikaelia

Päästyään kotiin Sanna tunsi vielä kauan Mikaelin suudelmat huulillaan. Hän sulki silmänsä ja muisteli kaikkea, mitä sai kokea näiden kahden päivän aikana. Sanna kaivoi laukustaan Mikaelin paidan, minkä oli sotkenut meikeillään. Hän oli napannut sen salaa mukaansa pyykkikorista. Sanna painoi kasvonsa paitaan ja nuuhki sitä toivoen saavansa ripauksen

Mikaelista.

He eivät olleet puhuneet mitään jatkosta, tapaisivatko he vielä, milloin ja missä. Ehkä Mikael oli tyyppi, joka eli hetkessä, päivä kerrallaan. Parisuhde ei sopinut yhtälöön.

Sanna päätti kysyä Lindan kuulumisia. Ehkä Linda halusi jo kotiin, viikko erämaassa saattoi olla liikaa kaupunkilaistytölle.

- Sanna-kulta, kuului Lindan iloinen ääni. - Minun on pitänyt soittaa sinulle, mutta täällä on koko ajan paljon tekemistä.

Linda kuulosti jo aivan eri ihmiseltä, kuin viikko sitten lähtiessään kotoaan.

- Ilmeisesti voit paremmin? Sanna kysyi, vaikka vastaus oli selvä.

- Voi kyllä! En ole koskaan voinut paremmin.

Sannaa hymyilytti. Kuulosti todella oudolta kuulla tuollaista Lindan suusta.

- Milloin tulet kotiin?

- En vielä. Vanhempasi lupasivat, että saan olla täällä niin kauan kuin tahdon. Kuvittele! Olet niin onnekas, kun sinulla on tuollaiset vanhemmat. Olen ollut Sakun kanssa moottorikelkkasafarilla. Keitin nokipannukahvia turisteille, Linda nauroi.

Sanna tunsi pienen kateuden piston. Yhtäkkiä hänkin halusi moottorikelkkasafarille ja nokipannukahvia.

- Minun täytyy tunnustaa sinulle, että olen yrittänyt vietellä Sakun, mutta en ole onnistunut, Linda sanoi.

- Et kai pahastu?
Et ole ensimmäinen nainen, joka Sakua yrittää vietellä, ajatteli Sanna. Syystä, jota Sanna ei ymmärtänyt sitten ollenkaan, Sakulla näytti olevan menestystä naismaailmassa.
- Saku on aikuinen mies. Mukava kuulla, että sinulla menee paremmin.
- Entä sinulla, Linda kysyi.
Sanna harkitsi hetken kertovansa Mikaelin kanssa vietetystä viikonlopusta, mutta päätti kuitenkin olla hiljaa. Eihän hän itsekään tiennyt, missä mennään.
- Eipä mitään erikoista, huomenna töihin. Soitellaan taas.

Maanantai tuntui ankeammalta kuin viikkoihin. Sannalla oli ikävä Mikaelia. Kunpa olisin tajunnut edes ottaa kuvan, harmitteli Sanna. Työpäivä klinikalla oli kuitenkin kiireinen ja Sannalla oli muuta ajateltavaa kuin Mikael. Hän kertoi klinikalla tilanteesta hevosen jalkapaiseen kanssa. Eläinlääkäri oli vaikuttunut. Sanna oli toiminut aivan oikein. Luultavasti hevonen paranisi pian kuntoon.
Sanna käveli töistä päästyään suoraan Liisalle. Oikeastaan Liisa ei häntä enää tarvinnut, mutta Sanna kaipasi nyt juttukaveria ja Liisasta oli tullut hyvä ystävä.
- Miten teillä meni Mikaelin kanssa, Liisa kysyi ennen kuin Sanna oli saanut edes kengät jalastaan.
- Hyvin. Miten teillä meni Klausin kanssa? Sanna

ajatteli tehdä vastahyökkäyksen.

- Hyvin.

Molemmat nauroivat.

- Ollaan me vaan melkoisia miestennielijöitä, Liisa lohkaisi.

- Enpä tiedä. Viikonloppu oli ihana, mutta Mikael ei sanonut, haluaako tavata minua enää.

Sanna kertoi Liisalle heidän viikonlopustaan. Yllättävästä maalaistalosta, Vanessan tallista, hevosista ja vihjasi myös heidän yhteisestä yöstään.

- Älä nyt taas mene asioiden edelle, Liisa toppuutteli. - Alku kuulostaa lupaavalta. Ei kai sitä yhden yön jälkeen tarvitse kihloja ostaa, Liisa sanoi ja nosti kätensä Sannan silmien eteen.

Vasemmassa nimettömässä komeili upea timanttisormus. Kihlasormus?

- Mikä tuo on? Sanna kysyi ja tarttui Liisan käteen.

- Auts, varo, käsi on vielä arka. Me menimme kihloihin, Klaus ja minä. Ollaanhan me tunnettu jo kymmeniä vuosia, nimittäin jos pelkäät, että Klaus on joku onnenonkija.

- Onnea, tosi paljon!

Sannaa alkoi jostain syystä itkettää. Hän painoi kasvot käsiinsä. Mikä ihmeen itkupilli hänestä oli tullut.

- Ei kai tämä nyt noin ikävä uutinen ollut, kysyi Liisa huolissaan. - Kaksi vanhaa ei halua tuhlata aikaa, kai ymmärrät.

- Kyllä, kyllä, olen onnellinen teidän puolestanne.

Surettaa, kun jään taas yksin.

- Herranen aika sentään, tyttö, tuo pessimismi täytyy kaivaa sinusta ulos vaikka väkisin. Et sinä jää yksin, päinvastoin, saat kaksi vanhaa vaivoiksesi, minut ja Klausinkin.

Liisa halasi Sannaa ja vähitellen hän rauhoittui.

- Minulla on hirveä ikävä Mikaelia, Sanna melkein vinkaisi. - Mitä minä voin tehdä? En halua ruikuttaa ja roikkua, jos toinen ei halua.

- Odota nyt muutama päivä. Vastahan te olette tutustuneet. Anna asioille aikaa. Katsotaan, ilmestyykö mies vapaaehtoisesti vai pitääkö "määrätä".

Liisa löysi aina oikeat lohduttavat sanat. Sanna kiitti onneaan, että oli tutustunut tähän persoonalliseen grand old ladyyn.

- Muuten… Tuli mieleeni. Sinä voisit laittaa Vanessan tallin tiedot minulle. Kuten tiedät, minulla on verkostossa näitä rikkaita hienohelmoja, jotka harrastavat ratsastusta ja omistavat hevosia. Ehkä voisin suositella paikkaa, pääsee tytön bisnekset vauhtiin.

- Se olisi kyllä hienoa.

Sanna päätti kävellä vielä Lindan asunnolle. Tuskin ne muutamat kaktukset mitään kastelua tarvitsevat, mutta samalla voisi katsoa, että kaikki on ok. Sannalla ei ollut tietoa, koska Linda palaisi. Pohjoisessa olikin ilmeisesti mukavaa. Ehkä Linda saa kuin saakin Sakun rakastumaan itseensä ja kohta kilisee toisetkin hääkellot. Jostain syystä ajatus masensi Sannaa.

Paluumatkalla Sanna poikkesi ostoskeskukseen, että sai hiukan lämmitellä. Pakkanen oli jälleen kiristymässä. Pubissa näytti olevan kova meno päällä jo alkuillasta, vaikka oli maanantai. Ehkä kyseessä oli "after-work" tapaaminen. Sanna vilkaisi huvittuneena iloista porukkaa. Pian hän kuitenkin äkkäsi joukon keskeltä tutut kasvot. Tero! Samalla hetkellä Tero nosti päätään ja huomasi Sannan. Mies nousi rivakasti tuolistaan ja lähti tulemaan kohti. Sanna kauhistui. Hän ei tiennyt mihin suuntaan olisi sännännyt. Onneksi liikkeellä oli paljon väkeä. Tero tuskin retuuttaisi häntä täällä kaikkien nähden. Sanna lähti juoksemaan kohti uloskäyntiä.

- Odota!

Sanna kiristi vauhtia kuullessaan Teron huutavan. Pian hän olisi ulkona. Ennen kuin hän ehti eteiseen, hän kuitenkin kompastui ostoskärryihin ja kaatui. Onneksi hänen yllään oli paksu untuvatakki ja rukkaset, pahemmilta kolhuilta säästyttiin.

Tero saavutti hänet. - Sattuiko? Näyttipä pahalta.

Heidän ympärilleen oli kerääntynyt ihmisiä. Hyvä. Nyt Tero ei voisi mukiloida häntä. Sanna nousi pystyyn.

- Kaikki kunnossa.

Pettyneet ihmiset hajaantuivat. Nyt ei ollut tragediaa tarjolla nettivideoihin.

- Tule juttelemaan, Tero sanoi ja tarttui Sannaa kädestä.

- Minulla on kiire, yritti Sanna vikistä.

- Ei sinulla niin kiire ole, sanoi Tero ja veti Sannaa perässään.

- Sinähän sen tiedät.

- Mitä?

- Ei mitään…

He menivät takaisin pubiin, mutta istuivat kauempas hiljaiseen pöytään. Tero haisi kaljalta ja vanhalta viinalta, mutta ei ollut kovin humalassa. Järki näytti juoksevan.

- Haluan sanoa Lindalle "sori". Voitko kertoa hänelle. Olen ollut idiootti. En enää vaivaa häntä.

Sanna katsoi miestä. Tämä näytti olevan tosissaan. Mistäs nyt tuulee?

Vastaus tuli naisen muodossa. Vaalea, vahvasti meikattu nuorehko nainen tuli istumaan heidän pöytäänsä. Hän veti tuolin itselleen ja katsoi haastavasti Sannaa.

- Mitäs ihmettä täällä on tekeillä, nainen sanoi.

Hän oli vahvassa humalassa. - Oletko iskemässä minun miestäni?

"Minun miestäni?" Sanna oli ihmeissään. Oliko Tero löytänyt jo uuden tyttöystävän? Vai oliko kyseessä vanha tyttöystävä ja Linda vain syrjähyppy. Yksi ja sama, Sannaa ei kiinnostanut Teron ihmissuhteet. Hän halusi pois epämiellyttävästä seurasta mahdollisimman pian.

- En todellakaan ole iskemässä miestäsi, Sanna tokaisi.

- "En todellakaan"? Eikö Tero kelpaa sinulle? Mikä

94

prinsessa sinä luulet olevasi? Onko sinulla muka valinnanvaraa? Varmaan ottaisit Teron jos vaan saisit...

- Rauhoitutaan nyt, Tero sanoi. - Pike, mene takaisin pöytään, tulen kohta perässä.

- Ja minähän en mene mihinkään! Tästä kaksikosta Tero näytti yllättäen olevan se selväjärkisempi. Näytti olevan turhaa taistella Pikeä vastaan, tarjoilijatkin alkoivat kiinnittää heihin huomiota.

- Kerro Lindalle mitä äsken sanoin, Tero sanoi ja nousi pöydästä.

- Kenelle Lindalle? Onko tuo Linda? Pike osoitti sormellaan Sannaa.

Tero lähti Pike käsipuolessaan, joka pullikoi vastaan.

Sanna nousi pöydästä ja käveli kotiin. Tämäpä yllätys. Hän soittaisi heti Lindalle ja kertoisi kohtaamisesta. Ilmeisesti uusi suhde sai unohtamaan vanhan? Eihän Lindalla ja Terolla tosin ehtinyt olla mitään suhdetta. Ikävät seuraukset molemmille yhden yön huumasta.

Yllättäen Lindaa ei paljonkaan hetkauttanut Sannan suuret uutiset. Hän oli lähdössä yöksi tunturiin ja oli innoissaan.

- En jaksa nyt ajatella Teroa. Luultavasti ennemmin tai myöhemmin myös uusi nainen saa maistaa nyrkkiä. Aina parempi, jos minun ei tarvitse enää ikinä nähdä koko tyyppiä. Täytyy mennä, soitellaan. Jos ei

95

sudet syö meitä... Linda kikatti.

Sanna huokasi. Liisan idea maisemanvaihdosta näytti toimivan.

Samaan syssyyn Sanna päätti soittaa Vanessalle. Numero löytyi helposti tallisivuilta.

- Moi, Sanna tässä. Tavattiin eilen...

Yhtäkkiä Sanna alkoi epäröidä. Millä tittelillä hän esittelisi itsensä? Veljesi tyttöystävä? Kaveri? Mikaelin hoito? Yövieras? Yhden yön juttu? Hölmö, joka rakastui veljeesi yhdessä silmänräpäyksessä? Onneksi Vanessaa ei kiinnostanut Mikael, vaan Diamond.

- Sanna, kiva kun soitit. Diamond voi jo hienosti. Eläinlääkäri sanoi, että nopea toiminta pelasti pahimmalta. Kiitos kuuluu yksin sinulle.

- Hienoa, mutta ei se ole minun ansiotani. Kuule, minulla on ystävä, Liisa, joka tarjoutui markkinoimaan tallipaikkojasi. Oletko kiinnostunut?

- Ai olenko? Jos se auttaa pelastamaan minut vararikolta, niin olen!

He sopivat tapaamisen seuraavalle päivälle. Vanessa saisi esitellä bisneksensä Liisalle itse. Sanna ei oikeastaan tiennyt Liisan verkostoista. He eivät koskaan puhuneet rahasta tai menneisyydestä. Koska Liisa oli kuitenkin itse tarjoutunut auttamaan, Sanna toimi mielellään välikätenä.

Seuraavana päivänä Vanessa oli Sannaa vastassa klinikalla.

- Jännittää, Vanessa sanoi. - Olen vähän huono markkinoinnissa. Ja sen huomaa asiakkaiden määrässä. Voitko kertoa lisää Liisasta? Onko hän hevosihmisiä? Ratsastaako hän?

Sanna oli jotenkin antanut itsensä ymmärtää, että Vanessa tietäisi, kuka Liisa on. Mikael oli auttanut Liisaa jo vuosia. Mutta mistäpä tosiaan Vanessa Liisan tuntisi. Olikohan tämä ollenkaan hyvä idea...Sanna alkoi epäröidä. Tosin, ei ota jos ei annakaan.

- Parempi, että juttelet itse Liisan kanssa, Sanna sanoi.

Liisa avasi oven. Pirteä mummo esitteli itsensä Vanessalle. Jos Vanessa hämmästyi, ei hän millään tavalla antanut sen näkyä käytöksessään. Sanna huokaisi helpotuksesta.

Sanna jäi kuuntelemaan sivusta naisten keskustelua. Vanessalla oli liiketoimintasuunnitelmansakin mukanaan. Liisa esitti asiantuntevia kysymyksiä hevosista, karsinoista, voiko tilalle rakentaa maneesin...

Mistä tuo nainen voi tietää "kaikesta kaiken", ihmetteli Sanna. Vai onko niin, että kun elää tarpeeksi kauan, tietoa kertyy vähän joka alalta. Ehkä Liisa oli ratsastanutkin nuoruudessaan.

- Katsotaan, mitä voin tehdä. Tiedän ainakin jo pari, jotka etsivät tällä hetkellä tallipaikkaa, Liisa sanoi, kun he lopettelivat neuvottelua. - Oletko ajatellut, mistä saat työvoimaa, jos asiakkaita tuleekin lisää?

Et sinä yksin pärjää.

- Niin, totta, se on toistaiseksi ollut aika kaukainen ajatus, Vanessa näytti miettivän otsa rypyssä.

Sannan sydän muljahti, kun hän huomasi Vanessan ilmeen olevan aivan kuin Mikaelin. Suuret siniset silmät näyttivät huolestuneilta.

- Eikös sinulla Sanna lopu työt helmikuun lopussa? Liisa tokaisi.

Sanna ja Liisa katsoivat toisiaan. Ärtymys paistoi Sannan kasvoilta. Alkaako Liisa jälleen kutoa nerokkaita verkkojaan? Ei Sanna voi tyrkyttää itseään Vanessan tallille. Periaatteessa Mikaelin kotiin. Mikael ajattelisi, että nyt tuo toivoton rakastunut hölmö yrittää ujuttautua suhteeseen hänen sisarensa kautta. Se olisi noloa. Tekisi myös liian kipeää olla Mikaelin kanssa tekemisissä, ja kenties hänen uusien naisystäviensä lähellä. Ei! Ei missään nimessä.

- Ehkä ei nyt mennä asioiden edelle, Sanna sai kakistettua ulos mahdollisimman kohteliaasti.

Hän ei halunnut loukata Liisaa, eikä torpata Vanessan suunnitelmia.

- Aivan, olet oikeassa, Vanessa sanoi. - Katsotaan ensin, saanko asiakkaita. Jos tarvitsen työvoimaa, olen varmasti Sannan kimpussa. Parempaa asiantuntijaa en löydä mistään.

Mukava kuulla, ajatteli Sanna. Mutta jos juttu Mikaelin kanssa jäisi tähän yhteen yöhön, Sanna ei menisi Vanessan talleille mistään hinnasta.

Tytöt lähtivät yhtä matkaa ulos.

98

- Mukava nainen tuo Liisa, Vanessa sanoi. - Hiukan pelottava, mutta tuntuu tietävän mitä tekee. Onko hän joku sukulaisesi? Tunnuitte niin läheisiltä?

Sanna ihmetteli itsekin, kuinka heistä oli tullut Liisan kanssa niin hyviä ystäviä lyhyessä ajassa.

- Ei olla sukulaisia, Sanna sanoi, - tavattiin sattumalta. Eikö Mikael ole kertonut Liisasta? Hän tuntee Liisan paljon pitemmältä ajalta kuin minä.

Sanna oli salaa tyytyväinen, että oli saanut ujutettua Mikaelin keskusteluun.

- Niinkö? En tiennyt. Mikael on salamyhkäinen asiakkaidensa suhteen, ehkä hänellä on salassapitovelvollisuus...

Salassapitovelvollisuus, kissan viikset! Sanna ajatteli kiukuissaan. Tuskin Mikael nyt sentään presidenttiä kuljettaa. Ehkä naisia sitäkin enemmän.

- Kiitos Sanna tästä. Minun on nyt palattava tallille. Iltahommat painaa päälle. Hessukin pitää ruokkia ja lenkittää.

- Hessu? Eikö Mikael hoida koiransa itse?

- Tietenkin, mutta hoidan Hessua silloin, kun Mikael on töissä.

- Onko Mikael jossain keikalla? Sanna kysyi ja olisi saman tien voinut purra kielensä poikki.

Mitäpä tuo hänelle kuului, oli missä oli, mokoma pukki. Raivostuttava nulikka.

- Joo, lähti jonnekin, oliko peräti ulkomaille. Eikö hän kertonut? Vanessa katsoi Sannaa ihmeissään.

Sanna yritti hymyillä, mutta yritys jäi hyvin väkinäiseksi. Toivottavasti Vanessa ei huomannut, että itku ei ollut kaukana. Viimeistään nyt kävi selväksi, että Sanna oli Mikaelille vain yhden illan hupi. Seuraava oli ehkä jo kierroksessa ulkomaan reissulla.

– Ehkä mainitsikin, en nyt muista, Sanna sopersi ja räpytteli silmiään. Toivottavasti kosteat silmät menivät pakkasen piikkiin.

– Ollaan yhteyksissä, Vanessa huikkasi iloisesti, hyppäsi maasturiinsa ja porhalsi menemään.

Sanna laahusti kotiinsa.

Itkut itkettyään Sanna alkoi vähitellen selvitä tunnekuohustaan. Hän oli iloinen, että oli tavannut Mikaelin, viettänyt yön ja päivän miehen seurassa, tuntenut rakkautta. Kyllä, rakkautta. Pekan jälkeen Sanna oli ajatellut, ettei koskaan enää kykenisi tuntemaan vahvasti ketään miestä kohtaan. Sanna ei katunut mitään.

Perjantaina oli tilipäivä. Sanna menisi lunastamaan takaisin panttaamansa korun. Seuraavat kaksi viikkoa pitäisi elää säästäväisesti, mutta Sanna oli valmis siihen, jotta saa rakkaan riipuksen turvaan. Onneksi hänen äitinsä ei tiennyt, mitä hän oli mennyt tekemään.

Perjantaina Sannalla oli myös palaveri eläinklinikalla. Hänen työsuhteensa loppuisi helmikuun lopussa, kuten oli sovittu. Pienellä klinikalla ei ollut varaa palkata lisää henkilökuntaa.

– Olemme enemmän kuin tyytyväisiä sinuun Sanna,

johtaja sanoi. - Olet taitava eläinten kanssa, sinulla on paljon tietoa ja taitoa. Oletko koskaan harkinnut eläinlääkärin ammattia?
- Eläinlääkärin? No en. Ei ole tullut mieleenkään...
Johtaja nauroi.
- Mietipä sitä. Olet vielä nuori. Kuusi vuotta opiskeltuasikin olet vielä nuori. Täältä saat tarvittaessa harjoittelupaikan. Sopiiko, että soitan sinulle, jos tarvitsemme taas apua? Kirjoitan tietenkin sinulle työtodistuksen ja suositukset.
Vaikka Sanna oli pettynyt, osasi hän odottaa töiden loppumista. Hän viihtyi klinikalla ja oli saanut uusia ystäviä. Kenties heidän kauttaan löytyisi joku uusi pesti. Sanna oli jo oppinut odottamaan iloisia yllätyksiä, eikä hän surrut tulevaa enää niin paljon kuir ennen. Ajatus eläinlääkärin opinnoista oli ollut yllättävä, mutta innostava idea. Sanna ei ollut koskaan harkinnut yliopistoon menoa, vaikka oli ollut hyvä koulussa ja laudaturin ylioppilas. Kenties rohkaiseva tuki puuttui. Sanna päätti tutustua eläinlääkärin opintoihin.

Sanna oli sopinut menevänsä Liisan luo. Nykyään hän oli ennemminkin "vieras", kuin avustaja. Hänellä oli lunastamansa koru kaulassaan. Hän halusi näyttää sitä Liisalle.
- Klaus tulee pian, mutta puhun sinulle ensin. Mennään olohuoneeseen.
Onpas salaperäistä, Sanna ajatteli.

- Haluaisitko olla minun kaasoni? Liisa töräytti.
- Kaaso? Sanna toisti. - Kaaso, kaaso...
- Mitä sinä sitä toistelet, etkö tiedä, mikä kaaso on?
Liisa sanoi liisamaiseen tapaansa.
- Tiedän minä mikä kaaso on. Se tarkoittaa, että tu-
lossa on häät.
- Tietenkin! Minä ja Klaus mennään naimisiin. So-
vimme hääpäivän huhtikuun alkuun. Tässä iässä ei
kannata haaskata aikaa.
Sanna ei tiennyt mitä sanoa, niinpä hän ei sanonut
ensin mitään.
- Autatko minua vai et? Liisa tiukkasi. - En tiedä
ketään parempaa, kuin sinä.
- Tietenkin autan. Ja onnea, onnea paljon! Sanna
nousi halaamaan Liisaa. - Olen iloinen teidän puo-
lestanne. Klaus on kiltti mies.
- Ehkä vähän liian kiltti minulle, Liisa nauroi, - toi-
vottavasti en pelota häntä tiehensä.
He alkoivat saman tien suunnitella häiden aikatau-
lua. Sannan oli tunnustettava, että alkoi innostua. Oli
valittava juhlapaikka, kutsuttava ihmisiä, mietittävä
ruokailut, vaatteet ja vaikka mitä. Sanna tuskin ehtisi
miettiä Mikaelia enää niin paljon. Oli paljon tehtä-
vää ja aikaa oli vähän.
- Katsos, Liisa, mikä minulla on, Sanna otti korun
kaulastaan ja ojensi Liisalle.
Liisa tutki korua tarkkaan.
- Tämä on arvokas koru, tiesitkös tyttö sen? Onko
tämä sinun arkikorusi?

- Ei yleensä, mutta tänään halusin laittaa sen. Jouduimme nimittäin hetkeksi eroon toisistamme.

Sanna tunnusti, miten oli joutunut panttaamaan sen, jotta sai vuokran maksettua. Liisa puhisi, mutta ei sanonut mitään. Hän tiesi, että se oli Sannalle arka paikka. Hän oli oppinut tuntemaan tyttöä sen verran, että tiesi tämän olevan liian ylpeä pyytääkseen apua. Hän yritti pärjätä viimeiseen asti omillaan.

- Jos vielä joskus joudut rahapulaan, tule ensin puhumaan minulle, Liisa vannotti. - Minä lainaan rahat.

- Kyllä, kyllä, Sanna sanoi, mutta ei ollut ollenkaan varma että tekisi niin.

Myös Klaus liittyi seuraan ja Sanna ei voinut olla huomaamatta, että nämä kaksi olivat rakastuneet toisiinsa. Se herätti toivoa: "sen oikean" voi tavata vaikka kasikymppisenäkin. Klausilla oli tytär ja kaksi lastenlasta, jotka halusivat osallistua häiden suunnitteluun ja järjestelyihin.

- Jos sallitte, sovin huomiselle pienen tapaamisen upseerikerholle. Se on yksi ehdokas hääpaikaksi, Klaus sanoi.

Tyhjään kotiin saapuessaan Sanna tunsi itsensä jälleen pohjattoman surulliseksi. Hän istui sängyllään tuijottaen valkoista seinää. Miten yksin hän olikaan. Olisipa edes Hessu täällä kehräämässä hänen sylissään. Hän päätti soittaa Sakulle ja kysyä kuulumisia. Hän osaisi varmasti kertoa, joko Linda on palaamassa kotiin.

- Hei sisko, Sakun iloinen ääni sai Sannan heti hyvälle tuulelle. Saku oli kotona, mutta huomenna taas lähdössä turistien kanssa reissuun. Revontulia, pakkasta, koiravaljakkoja, poroja... Sakun elämä oli kuin satukirjasta.

- Mitä Lindalle kuuluu? Sanna kysyi arasti. Hän ei uskaltanut kysyä suoraan, onko Lindalla ja Sakulla mahdollisesti suhde.

- Ihan hyvää kai, Saku sanoi. - Luulen, että hän alkaa kohta olla kypsä palaamaan kotiin.

- Kypsä? Onko jotain tapahtunut? Mitä sinä olet tehnyt?

- Minäkö? Olen viihdyttänyt vierasta. Linda on ollut mukana muutamalla retkelläkin. Hänellä näytti olevan hauskaa.

- Linda antoi ymmärtää, että haluaa sinulta enemmänkin kuin eräoppaan palveluja... Sanna sanoi varovasti.

- Voi olla. Minkä minä sille voin, että olen vastustamaton, Saku vitsaili, mutta jatkoi sitten vakavissaan. - Linda on kaunis ja viehättävä nainen, kieltämättä kiusausta on ollut melkein mahdoton vastustaa, varsinkin kun hän on käyttänyt kaikkia mahdollisia naisellisia keinoja... kerrankin olin tulossa saunasta...

- Älä kerro! Sanna kirkaisi. - Liikaa informaatiota.

- Hän on vielä haavoittuvainen, Saku jatkoi. - En voi tarjota mitään pysyvää suhdetta. Minusta ja Lindasta ei tule paria. Se on tainnut viimein selvitä hänelle, joten eiköhän palaile kotikonnuille näinä päivinä. Sannan oli tunnustettava itselleen, että oli iloinen kuulemastaan. Linda ei ollut nainen, jonka Sanna halusi nähdä veljensä kumppanina.

- Miten sinun projektisi aatelismiehen metsästyksessä sujuu, Saku kysyi.
- Huonosti. Ei taida löytyä sopivaa eikä pätevää ehdokasta. Tai no... on yksi, mutta ei hän taida olla kiinnostunut. Minä ihastuin.
- Kyllä se vielä löytyy, Saku vastasi, - mutta älä ota huonoa. Mieluummin olet sitten vaikka yksin. Aina voit palata pohjoiseen. Täällä on ottajia. Naapurin Simo voisi huolia sinut...

Sanna ja Saku nauroivat.

- Terveisiä isälle ja äidille, Sanna lopetti puhelun.

Seuraavana päivänä Linda soitti ja kertoi tulevansa kotiin.

- Kaipaan kaupungin vilinään. Minulla on vielä kolme viikkoa sairauslomaa, aion käyttää sen itseni hemmottelemiseen.
- Mukava kuulla, että voit jo paremmin, Sanna sanoi.
- Pelottaako paluu sinua?
- Ei oikeastaan, kiitos perheesi. Ja sinulle voin kertoa, ettei meillä ollut mitään intiimiä Sakun kanssa. Olemme pelkkiä kavereita. Minulle olisi kyllä sopinut lähempikin tuttavuus.

Linda tosiaan kuulosti olevan lähes entisellään.

105

Tero tuskin tuottaisi enää ongelmia. Linda voi palata töihin ja jatkaa elämäänsä. Se oli mukava kuulla. He olivat tämän katastrofin aikana lähentyneet Lindan kanssa.

Lauantaina Sanna meni hakemaan Liisan häiden suunnittelukokoukseen. He ajoivat sinne Jaguarilla. - Haluan, että hääautomme on tämä eikä mikään muu, Liisa sanoi. - Ja varaan Mikaelin kuskiksi. Sanna säpsähti. Hän ei ajatellut Mikaelia enää koko ajan, vain noin kymmenen kertaa päivässä. - Tietenkin vain jos se sopii sinulle, Liisa lisäsi ja vilkaisi Sannan kivettyneitä kasvoja.

Ei tarvinnut olla kummoinenkaan ekspertti ilmeiden tulkitsemisessa, että näki miten Mikaelin nimen mainitseminen säväytti. Liisaa suretti. Mikähän suhteessa nyt hiersi, kun alku näytti niin lupaavalta. Miehet... miehet ovat omituisia, Liisa tuumaili. Eivät ymmärrä omaa parastaan. Heitä pitää välillä tuuppia oikeaan suuntaan.

- Tietenkin sopii. Miksi ei sopisi? Sanna sanoi, vaikka halusi huutaa "ei sovi, en halua nähdä sitä suloista elämäni miestä, sielunkumppaniani enää ikinä, se on liian tuskallista."

He istuivat hiljaa loppumatkan.

Klaus oli jo paikalla tyttärineen. Myös tyttären lapset olivat paikalla ja näyttivät innostuneilta. Näytti siltä, että järjestelyt sujuisivat yhteisymmärryksessä. Kaikki olivat iloisia pariskunnan puolesta. Klaus ja

Liisa olivat jo käyneet lakimiehen juttusilla, koska molemmilla oli melko huomattava omaisuus. Pariskunta halusi vain jakaa loppuelämänsä toistensa kanssa. Vanha rakkaus oli leimahtanut uudelleen liekkiin. Se oli ihastuttavaa.

Matkalla kotiin Liisa kysyi Sannalta, voisiko hän kutsua juhliin myös Sannan perheen?

- Minulla ei ole sukulaisia, voisin lainata sinun perhettäsi, jos sallit? Tuntuu, kuin olisimme vanhoja tuttuja. Samalla vanhempasi pääsisivät käymään täällä etelässä. Minä vastaan tietenkin kustannuksista. Saku voi tulla myös, jos ehtii.

Sanna yllättyi tarjouksesta.

- Se olisi hienoa. Soitan heille.

7

Vieras mies tuli taloon

Helmikuu oli tänä vuonna leuto. Sanna nautti viimeisistä työpäivistään eläinklinikalla. Hän oli alkanut seurata taas työpaikkoja, mutta mitään kiinnostavaa ei ollut tarjolla. Kohta pitäisi tarttua myös ei-kiinnostaviin vaihtoehtoihin.

Vanessa oli ilmoittanut saaneensa jo kolme uutta asiakasta ja lisää oli mahdollisesti tulossa.

- Pärjään vielä, mutta jos hevosia tulee kymmenen, tarvitsen apua, Vanessa vihjaili.

Sanna väisteli aihetta. Vanessa ei myöskään maininnut Mikaelia, eikä Sanna kysynyt. Mikaelista ei ollut kuulunut mitään. Ei yhtään mitään kahteen viikkoon. Todennäköisesti takkatulen lämmössä paistatteli jo uusi tyttö. Ajatus teki kipeää.

Saadakseen ajatukset muualle Sanna oli lainannut klinikalta eläinlääketieteellisen valintakoekirjoja. Toukokuussa olevaan valintakokeeseen piti päntätä biologiaa, kemiaa ja fysiikkaa. Sanna oli aina ollut hyvä näissä aineissa. Hän oli päättänyt mennä kokeisiin, mutta ei silti ollut varma, halusiko sitoutua monen vuoden opiskeluun. Se tietäisi opintolainaa ja vielä suurempaa köyhyyttä kuin nyt. Asiaa voisi miettiä, jos pääsisi opiskelemaan. Se oli kuitenkin aika epätodennäköistä. Sanna ei ollut kertonut eläinlääkärin pääsykokeesta kenellekään, ei vanhemmilleen eikä edes Liisalle. Vain klinikan väki tiesi asiasta.

Työpäivän jälkeen Sanna oli uppoutunut fysiikan lakeihin, kun puhelin soi. Vanessa. Sannaa ärsytti, hän ei olisi halunnut vastata. Nytkö tallilla sitten oli tarpeeksi hevosia, että tarvitaan apulainen? Sanna ei sinne menisi. Oli silti vaikeaa sanoa se Vanessalle suoraan. Vanessa oli mukava ihminen, eikä hän tietenkään ollut vastuussa veljensä naisseikkailuista. Puhelin soi pitkään. Sanna toivoi, että Vanessa luovuttaisi ja soittaisi myöhemmin, mutta sinnikäs kilkatus vain jatkui ja jatkui. Olikohan siellä nyt jotain oikeasti hätänä?

- No haloo! Sanna töksäytti ehkä hieman tarpeettomankin tylysti.

Toisessa päässä oli hiljaista. Ehtikö Vanessa kuitenkin lopettaa puhelun? - Sanna tässä. Vanessa?

- Mikael täällä, hei Sanna.

Aivan kuin sähköisku olisi lävistänyt Sannan kehon, kun hän tunnisti Mikaelin äänen. Sannaa alkoi välittömästi hymyilyttää, mutta käski itsensä ryhdistäytyä. Miehestä ei kuulu mitään viikkoihin ja yhdellä puhelinsoitolla saa hänet veteläksi. Kuinka typerää.

- Hei, Sanna sanoi, mutta ei mitään muuta.

Hän halusi kuulla, mitä asiaa Mikaelilla oli. Ehkä tallilla oli taas hevosongelma, eikä Vanessa päässyt puhelimeen. Mitäpä muutakaan asiaa miehellä voisi olla naiselle, jonka kanssa vietti yhden viikonlopun. Eipä kai mitään. Sannaa alkoi pikkuhiljaa suututtaa, mutta hän yritti hillitä itsensä.

Puhelimessa oli taas pitkään hiljaista.

- Oletko vihainen? Mikael lopulta sanoi.

Sannan teki mieli karjaista "kyllä", koska hän oli. Mutta ehkä hän oli enemmän vihainen itselleen, kun salli itsensä rakastua päätä pahkaa. Ei Mikael ollut luvannut hänelle mitään. Kaksi aikuista vietti yön yhdessä, he pitivät hauskaa ja nauttivat toisistaan. Minkä sille voi, jos toinen ottaa ja rakastuu.

- Ehkä, mutta enemmän itselleni, kuin sinulle, Sanna

109

sanoi. - Onko Vanessalla joku hätätilanne vai miksi soitat?

Taas hiljaisuus. Ei ilmeisesti hätätilanne.

- Entä jos halusin vain kuulla äänesi?

Sanna kiristeli hampaitaan. Mikä vastaus tuo nyt oli.

- Jaa, vai niin. Havahduit parin viikon jälkeen tuumiskelemaan, että kukas olikaan se tyttö sängyssäni silloin kerran, olisipa kiva taas kuulla hänen äänensä? Äänensä?!

Mikael naurahti. Sannaa ei naurattanut yhtään.

- Ääni on juuri sellainen, kuin muistinkin, Mikael hymähteli, mikä ällistytti Sannaa yhä enemmän.

Aikamoinen pokka, eikä Sanna saanut provosoitua miestä puolustautumaan mitenkään. Ja mitäpä puolustautumista Mikaelilla olisi?

- Tunnustan, että minusta on mukavaa kun soitit, Sanna sanoi. - On kiva kuulla sinun äänesi.

Mitäpä tuota kieltämään. Pelkkä Mikaelin ääni sai Sannan ihon kihelmöimään. - Vai pakottiko Vanessa sinut soittamaan? Sanna kauhistui.

- Minua ei voi pakottaa mihinkään, Mikael sanoi tyynesti. - Pyysin Vanessan puhelinta lainaksi, kun en huomannut viimeksi kysyä numeroasi.

"Huomannut kysyä numeroasi"? Puhelinnumero on niin hiton vaikea löytää, kun se on julkisesti saatavilla joka paikassa. Lisäksi se löytyisi kysymällä sekä Liisalta että Vanessalta, ajatteli Sanna kitkerästi.

- Tuli mieleen kysäistä, tavataanko? Mikael sanoi.

Tavataanko? Mitä tuo tarkoittaa? Tietenkin Sanna

110

halusi tavata elämänsä miehen uudelleen, viettää aikaa tämän kanssa, elää onnellisena elämänsä loppuun saakka. Ikävä kyllä, Mikaelilla ei tainnut olla samaa visiota. Riittäisivätkö Sannalle satunnaiset yhteiset yöt ja päivät?

Koska mitään parempaakaan ei ollut näköpiirissä. Sanna otti sen, minkä sai.

- Tavataan.

- Selvä.

Tööt tööt... Häh? Löikö Mikael hänelle luurin korvaan? Ei voi olla totta. Eikö tuolla miehellä ollut alkeellisimpiakaan käytöstapoja? Miten ihmeessä tuolla asenteella hoidetaan bisneksiä? Kuitenkin asiakaspalvelu tuntui sujuvan.

Sanna tuijotti puhelinta, mutta se ei soinut enää. Mikael ei soittanut uudestaan, eli hän oli katkaissut puhelun ihan tarkoituksella. Pitäisikö soittaa Vanessalle? Miksi? Se olisi noloa. Sanna puhisi. Taas se ihana liero oli saanut Sannan pään sekaisin. Fysiikan lukemisesta ei tulisi tänään enää mitään.

Sanna nousi pystyyn ja oikoi jäseniään. Kenties tämän illan opiskelut oli tässä, parempi siirtyä viihteen pariin.

Ovikello soi. Sanna pelästyi. Hänellä ei käynyt kutsumattomia vieraita. Olisiko siellä pölynimurikauppias? Oliko sellaisia vielä?

Sanna avasi oven. Mikael nojasi seinään. Toppatakki oli auki farkkujen ja paidan päällä, ei pukua tällä kertaa. Hänellä oli suuri ruusukimppu kädes-

111

sään. Hän ojensi sen Sannalle.

- Mikael? Mitä ihmettä? Kuinka sinä siinä olet?

Sannan ilme oli varmasti näkemisen arvoinen.

- Minä halusin tavata, sinä halusit tavata, siis tavataan.

Sanna oli pyörällä päästään, mutta kutsui Mikaelin peremmälle. Hänen olisi tehnyt mieli halata miestä, mutta ei uskaltanut. Sannalle ei ollut selvää, missä mennään. Kaikki oli liian outoa.

- Tässäkö on se kuuluisa sänky, the sänky? Mikael seisoi Sannan pienen yksiön keskellä.

- Siinähän se, Sanna sanoi rehvakkaasti ja yritti kuulostaa siltä, kuin sänky olisi kokenut ja nähnyt elämänsä aikana paljonkin. Näin ei tietenkään ollut.

Sanna etsi ruusuille maljakon. Hän ei ollut koskaan saanut noin valtavaa määrää ruusuja, edes ylioppilaana. Kukat olivat upeita ja tekivät suuren vaikutuksen Sannaan.

- Kiitos, ruusut ovat valtavan kauniita.

Mikael tuli Sannan luo ja muitta mutkitta suuteli tätä. Sanna vastasi suudelmaan.

- Haluatko kahvia…Sanna henkäisi esittääkseen vieraanvaraista emäntää.

- En halua, Mikael vastasi.

Sanna huomasi kaiken vastustuksen olevan turhaa. Hän oli hyytelöä miehen käsissä. No, illan voisi toki viettää huonomminkin… ehti Sanna ajatella ennen kuin tunteet ottivat vallan.

- Sänky on maineensa veroinen, Mikael hymyili, kun
he lepäsivät kiihkeän hetken jälkeen toistensa sylis-
sä.
Sanna nousi sängystä ja meni hakemaan vettä. Ikä-
viä ajatuksia alkoi hiipiä hänen mieleensä. Olisiko
hänen pitänyt yrittää vastustella Mikaelin viehätys-
voimaa? Entä jos Sanna oli miehelle vain hetken
hupi, tyttö kenen luo voi tulla, kun siltä tuntui. Var-
masti Mikael näki, että Sanna oli korviaan myöten
ihastunut. Käyttikö mies tätä härskisti hyväkseen?
Mikael tuli hänen perässään keittiöön. Hän kietoi
kätensä Sannan ympärille.
- Kaikki hyvin? Olet hiljainen.
- Mmm...
He olivat hetken sylikkäin ja menivät istumaan
Sannan ainoaan nojatuoliin.
- Oikeastaan hyvä ettei sinulla ole sohvaa, Mikael
sanoi Sanna sylissään.
Sannalla oli hyvä olla Mikaelin kanssa. Oliko sillä
oikeastaan väliä, vaikka hän olisi Mikaelille vain
yksi monien joukossa? Parempi olla pieni hetki on-
nellinen, kuin ei ollenkaan. Sanna halusi kiihkeästi
selvittää asioita, mutta hetki oli liian kaunis pilatta-
vaksi riitelyllä.
- Missä sinä olit? Vanessa sanoi, että lähdit ulko-
maille.
Sanna jätti kertomatta, miten pahalta oli tuntunut
kuulla se Vanessalta eikä Mikaelilta.
- Saksassa. Haettiin sieltä muutamia autoja. Kaveril-

la on autoliike.

- Miksi et pyytänyt edes puhelinnumeroani?

No niin, tässä sitä mennään. Syytös vain pulpahti Sannan suusta kaikista hyvistä aikomuksista huolimatta.

- En tiedä. Olisi pitänyt. En ilmeisesti osaa sääntöjä, Mikael sanoi. - Olen pahoillani.

Sanna nojasi päätään Mikaelin olkapäähän ja halusi ajan pysähtyvän siihen paikkaan. Mikä oikeus hänellä oikeastaan oli vaatia Mikaelia tilille tekemisistään. Hän ei ollut antanut mitään lupauksia Sannalle. He olivat ystäviä, muusta ei ollut sovittu.

Ovikello soi. Sanna ja Mikael katsoivat toisiaan. Sannan ovella oli jo toisen kerran tänään joku. Ei ketään kuukausiin, sitten parin tunnin sisällä käy trafiikki.

- Odotatko vieraita? Mikael näytti yllättävän levottomalta. Tuskin hänen mieleensä oli pälkähtänyt, että Sannalla saattaisi olla muitakin tuttavia. Kenties jopa miespuolisia.

- En odota. Mutta enhän odottanut sinuakaan.

- Onko muitakin samanlaisia kuin minä? Ei kai sinulla ole poikaystävää? Mikael kysyi ja näytti olevan jo hieman kauhuissaan. - Seuksroletko?

Mikael nousi tuolista ja nosti Sannan lattialle.

- Et ole koskaan kysynyt, eikä ole tullut puheeksi…Sanna alkoi nauttia tilanteesta.

Jos oven takana olisikin pölynimurikauppias, hän saattaisi esittää, että mies olisi hänen poikaystävän-

114

sä. Varsinkin, jos tämä olisi edustavan näköinen.
Siinä olisi kostoa kerrakseen.

- Ai niin, enkö "huomannut" kertoa… olen naimisissa raskaan sarjan nyrkkeilijän kanssa. Taitaakin tulla juuri harjoituksista. Kunpa hän ei olisi hävinnyt vastustajalleen, on niin pahalla tuulella aina sen jälkeen…

Mikaelia ei naurattanut. Kerrankin Sanna oli niskan päällä. Toisaalta Sannaa hieman loukkasi, että Mikael kuvitteli hänen pettävän miestään. Hän ei tekisi niin.

Sanna meni avaamaan oven. Mikael jäi seisomaan neuvottomana olohuoneeseen.

- Saku!

Sanna veti Sakun eteiseen ja nosti sormen huulilleen. Hän kuiskasi Sakun korvaan "älä kerro, että olet veljeni". Saku arvasi, että kyseessä on joku jekku ja oli heti mukana.

- Mikä yllätys, sinun piti tulla vasta huomenna, Sanna sanoi kovalla äänellä. - Ihanaa nähdä sinut, minulla oli kova ikävä.

He menivät olohuoneeseen, Sakulla oli kädet Sannan ympärillä.

- Mikael, tässä on Saku. Saku, Mikael.

Miehet tervehtivät toisiaan.

- Toivottavasti olet ollut kiltisti, Saku sanoi Sannalle. - On aika epäilyttävää tavata asunnosta vieras mies. Onneksi teillä on sentään vaatteet päällä, Saku nauroi. - Onpas siinä muuten suuri kimppu ruusuja.

Joku on tainnut olla tuhma?

Mikaelin nauru oli hieman väkinäistä. Vielä hetki sitten vaatteita oli ollut päällä paljon vähemmän. Mikael ei oikein tiennyt, missä mennään. Oliko tämä mies Sannan poikaystävä? Miksi hän oli koko ajan kuvitellut, että Sanna oli sinkku. Varmaan siksi, kun hän oli luullut Sannan olevan ihastunut häneen, ei muihin. Jos se olikin hän, jota oli huiputettu.

Mikael katsoi hymyilevää pariskuntaa edessään. Selvää oli, että nämä kaksi pitivät toisistaan, elleivät peräti rakastaneet. Mutta silti… Vielä hetki sitten Sanna oli ollut hänen käsivarsillaan. Hän oli luullut tytön olevan vain hänen. Nyt nuo kauniit ruskeat silmät ja suloinen suu hymyilivätkin toiselle. Mikaelista alkoi tuntua todella pahalta.

- Tosiaan… minun täytyykin tästä lähteä, Mikael kakisteli.

Saku ja Sanna vilkaisivat toisiaan.

- Mikael. Äläs nyt. Tässä on minun hullu veljeni, Saku. Hän näköjään kutsuu itsensä kylään pyytämättä ja yllättäen. Kuten sinäkin, Mikael.

Saku hymyili leveästi.

- Terveisiä Lapista.

Sannalle hän sanoi: - Tulin saattamaan Lindan kotiin. Ajattelin samalla vähän tutustua etelän meininkiin. Ja täällähän näköjään tapahtuu! Hyvä sisko!

Mikaelin kasvoille nousi puna, kun hän tajusi, että häntä on vedätetty. Hän oli ansainnut sen. Hän oli ottanut Sannan itsestäänselvyytenä, kun tyttö oli näyttänyt tunteensa niin avoimesti. Kauniin tytön ihastus oli hivellyt hänen itsetuntoaan. Nyt oli Mikael saanut opetuksen.

- Älä nyt mene vielä mihinkään, Saku sanoi Mikaelille. - Istutaan alas ja tutustutaan. Sinä varmaan olet se von Lötjönen, johon Sanna on toivottoman lätkässä. Et kai suuttunut pikku kepposesta? Von Lötjönen? Mikael oli edelleen hieman hämmentynyt. Nyt kuitenkin tapahtumiin alkoi tulla järkeä. Ei hän uskonutkaan, että Sanna olisi joku sarjapettäjä. Samalla hänen oli tunnustettava itselleen, että ajatus Sannan menettämisestä toiselle oli tuntunut yllättävän kauhealta.

- Ansaitsin sen, Mikael sanoi hiljaa, mutta alkoi rentoutua.

- Haetko, Sanna, meille lasit, minulla on tuliaispullo Lapin Lageria. Maistetaan. Harkitsen nimittäin sijoittamista tähän yritykseen. Pysyy ainakin oluessa, jos ei muuta.

He siemailivat juomaa. Saku oli pääasiassa äänessä, Mikael ja Sanna katselivat toisiaan alta kulmain. Pian Sakukin huomasi, että oli varmaan tupsahtanut paikalle hieman sopimattomaan aikaan.

- Ei vaan, nyt täytyy lähteä. Nähdäänkö huomenna? Lennän takaisin vasta sunnuntaina. Mennään syömään, tule sinäkin Mikael.

- Missä olet yötä? Voit sinä täälläkin olla, jos haluat, Sanna sanoi.

- Ei pahalla, mutta ei kiitos. En todellakaan. Olen

hotellissa. Se menee firman piikkiin.

Sanna saattoi Sakun ovelle.

- Laitan viestiä päivällä, missä nähdään.

Mikael istui Sannan ainoassa nojatuolissa. Hän oli ehkä menettänyt ripauksen itsevarmuudestaan, mutta ripaus alkoi palata vähitellen. Sanna meni istumaan Mikaelin syliin.

- Seurusteletko sinä? Mikael kysyi.

- En. Seurusteletko sinä?

- En. Usko tai älä, en ole koskaan seurustellut. Ehkä siksi tämä on minulle niin vaikeaa, en tunne protokollaa.

- On kai sinulla naisia ollut, Sanna sanoi, - vai olinko minä ensimmäinen?

Mikael ei vastannut, mikä oli helpotus. Sanna sen sijaan kertoi pitkästä parisuhteestaan, joka oli päättynyt siihen, että mies lähti toisen naisen matkaan.

- Ehkä siksi olen hiukan herkkä miesten suhteen, Sanna sanoi hiljaa. - Taidan olla niin lapsellinen, etten näe totuutta, kun ihastun. Minä olen ihastunut sinuun, Mikael. Kovin, kovin ihastunut. Taisin ihastua jo silloin Liisan luona, kun nähtiin ensimmäisen kerran.

- Vaikka olit melko kylmäkiskoinen... Mikael ihmetteli. - Enpä olisi arvannut.

- Kun et sitten yhteisen yön jälkeen soittanut, saati ehdottanut uutta tapaamista, petyin. Olin jo ehtinyt kuvitella, että meillä oli jotain säpinää, kemiaa, viihdyimme yhdessä.

- Tuo kaikki on totta, Mikael myönsi. - Pidän sinusta. Minä en ole koskaan ollut parisuhteessa. En osaa toimia. Tiesin, että lähden pariksi viikoksi Saksaan, joten ajattelin, että on nyt turhaa kehitellä mitään tässä kohtaa. En arvannut, miltä se sinusta tuntui. Loukkasin sinua. Anteeksi.

Sanna ei tiennyt, mitä ajatella. Puhuiko Mikael totta?

- Etkö ajatellut minua lainkaan kahden viikon aikana?

- Tietenkin ajattelin. Joka ikinen ilta, kun menin sänkyyn, ajattelin sinua.

- Tuo kuulostaa härskiltä, Sanna moitti.

- Niin se onkin...

Sanna hymähti. - Senkin hölmö.

Äkkiä Sanna muisti jotain ja meni vaatekaapille. Hän palasi pian ja laski Mikaelin syliin puhtaan, valkoinen paidan. Se oli silitetty ja viikattu kauniisti.

- Sain kaikki tahrat pois, Sanna sanoi ylpeänä.

Mikael nousi ja laittoi paidan pöydälle.

- Kiitos. Sinusta tulee vielä hyvä vaimo jollekin onnekkaalle miehelle.

- Satutko tietämään ketään? Sanna kysyi.

Mikael hymähti ja Sanna ajatteli jättää vihjailut myöhempään. Hän ei halunnut pelottaa Mikaelia pois luotaan. Eikä hän nyt itsekään ollut vielä naimisiin menossa.

- Minun on nyt pakko lähteä, Mikael sanoi. - Hessu odottaa. Vanessalla on joku viikonloppumeno ja tallilla on vain tallityttöjä. Minun pitää vähän katsoa perään.

Mikael ei voinut olla huomaamatta pettymystä Sannan kasvoilla.

- Luulin, että voisit jäädä yöksi. Nyt kun kerrankin sain sinut luokseni. En haluaisi päästää sinua pois. Haluan katsoa kun nukut.

Mikael otti Sannan syleilyynsä.

- Kiva kuulla, kun äsken vielä luulin, että poikaystäväsi heittää minut pellolle. Meinasin ihan oikeasti pelästyä. Se oli aika ruma temppu, Mikael kurtisti kulmiaan ja näytti Sannan mielestä söpöltä.

- Saku on vähän pöhkö. Pienenä hän oli aina tekemässä käytännön piloja, et usko, kuinka monta kertaa Saku on saattanut minutkin naurunalaiseksi, Sanna sanoi tuohtuneena. - Eikä ole tainnut kasvaa aikuiseksi vieläkään.

- Tuntuu hauskalta kaverilta, Mikael sanoi. - Toivottavasti joskus kuulen kaikki källit, mitä Saku on sinulle tehnyt.

- Ei toivoakaan, että Saku jättäisi ne kertomatta…

Mikael meni eteiseen pukemaan. Oli jo myöhä. Hän kaivoi toppatakin taskusta puhelimen.

- Tämä on minun oma puhelimeni. Saisinko numerosi…

Sanna otti Mikaelin puhelimen ja tallensi numeronsa sen muistiin. Nimen kohdalle Sanna kirjoitti "Sanna rakas".

He suutelivat ja Mikael lähti.

Sanna mietti, menisikö taas pari viikkoa seuraavaan tapaamiseen. Hänellä oli silti turvallinen ja seesteinen olo. Rakastuneen naisen taianomainen olo.

Sanna nukkui yön rauhallisesti ja pitkään, vaikka ilta oli ollut tapahtumarikas. Hän kaipasi Mikaelia, mutta ei enää ajatellut miestä pakonomaisesti. Parhaan lopputuloksen näköjään saa kun ei odota mitään. Ei pinnistele, eikä vaivu toivottomuuteen. Malttaa vain odottaa, että hedelmät putoavat syliin. Sanna hymyili ja jäi vielä hetkeksi lämpimään, peiton alle.

Seesteisen aamuhetken keskeytti puhelimen äkäinen ääni. Mikael? Joko miehellä tuli häntä ikävä, Sanna ajatteli ja vastasi hymyillen: Sanna rakas!

- Nyt on piru merrassa, Mikael kuulosti hätääntyneeltä. - Olisitko mitenkään päässyt tänne apuun? Hälytin jo Vanessankin kotiin, mutta menee iltaan, ennen kuin hän ehtii tulla.

Sanna huolestui. - Mikä siellä on hätänä?

- Yllättäen valtava määrä hevosia... niiden piti tulla vasta ensi viikolla, mutta kuljetus onkin tänään. Parin tunnin päästä pihalla on autoja ja hevosia ihan helvetisti, enkä minä osaa tehdä niille mitään. Sanna kiltti, maksan mitä pyydät. Olen orjasi loppuelämäni, toteutan kaikki toiveesi, jos nyt tulet.

- Tietenkin tulen, puen päälle.

- Ota taksi, minä maksan, Mikael sanoi ennen kuin sulki puhelimen.

121

Sanna soitti Sakulle.

- Oletko hereillä? Pue päälle, lähdetään töihin. Tulen hotellin eteen taksilla vartin päästä.

Saku ei kysellyt mitään. - Selvä! Vajaan vartin päästä taksi kaarsi hotellin eteen Sanna kyydissään. Saku oli jo aulassa odottamassa. Hän hyppäsi takapenkille Sannan viereen.

- Tämäpä jännittävää. Luulin, että etelässä on hiljaista ja tylsää, mutta täällähän tapahtuu koko ajan. Mahtavaa! Minne mennään?

Sanna kertoi Vanessan talleista. Ilmeisesti jokin oli mennyt viestinnässä pieleen, kun hevoset tulevat aikaisemmin kuin piti. Sanna tiesi, että Sakulla on kokemusta sekä raveista että ratsastuksesta. Hevosten käsittely on tuttua puuhaa.

- Laitetaan eläimet karsinoihin ja annetaan ruokaa. Eiköhän me selvitä. Vanessa tulee niin pian kuin voi.

- Onko siellä myös tämä Sannan suuri rakkaus? Ihana Mikael? Saku töni Sannaa kuin pikkupoika.

- Et nyt ala mitään... Sanna puhisi. - Mutta kiitos Saku, että lähdit mukaan. Ei kai lomasi mene nyt pieleen?

- Tämän parempaa ajanvietettä et olisi voinut keksiä. Minulla on aikaa, Saku sanoi.

Sanna katsoi lämpimästi veljeään. Sakusta saattoi saada käsityksen, että mies oli kevytmielinen, huvitteli ja piti hauskaa. Oikeasti Saku oli välittävä ja sydämellinen ihminen. Hänet tunnettiin siitä, että hän oli aina valmis auttamaan.

Taksi ajoi pihaan. Mikael tuli talosta ja maksoi kuljettajalle. Sitten hän tuli Sannan luo ja antoi suukon. Sakua hän kätteli kohteliaasti.

- Otin apuvoimia mukaan, Sanna sanoi.

- Ette arvaa miten iloinen olen, Mikael sanoi. - Tulkaa sisään. Keitin kahvia.

Hessu hyöri innoissaan heidän jaloissaan. Ihana kahvin aromi levisi tuvasta eteiseen saakka. Sen lisäksi ilmassa oli tuoreiden sämpylöiden herkullinen tuoksu. Pöydälle oli katettu ruhtinaallinen aamiainen. Tuskin hotelliaamiainen veti vertoja tälle herkkupöydälle.

- Mitä ihmettä? Saku huokasi. - Onko sinulla palveluksessasi joku sisäkkö, joka loihtii ruuat pöytään?

- Minä olen se sisäkkö, Mikael nauroi. - Vain valkoinen essu puuttuu… Olkaa hyvät, astukaa pöytään. Meillä on hyvin aikaa syödä, ennen kuin asiakkaamme saapuvat.

He kävivät ruuan kimppuun. Mikael kertoi, että Vanessa oli lähtenyt Ruotsiin messuille. Viikonlopun piti olla rauhallinen, mutta yhtäkkiä olikin tullut tieto, että kymmenen hevosta on tulossa jo tänään.

- Onkohan Liisan markkinointi tuottanut tulosta? Sanna mainitsi.

- Liisan? Kuinka niin? Mikael ihmetteli. - En minä vaan ole kuullut mitään.

- Puhutteko te ikinä keskenänne yhtään mistään…Sanna tuhahti.

- Eipä juuri, Mikael totesi.

- Älähän nyt, Sanna, eipä mekään puhuta. Vai kuinka paljon sinä tiedät minun työjutuistani? Saku puolusti Mikaelia. - Pääasia on, että hoidetaan homma.

Tunnin päästä he olivat jo talleilla laittamassa karsinoita kuntoon. Kuivikkeet, rehut ja vesi piti saada valmiiksi ennen hevosten saapumista. Sannalle tämä oli tuttua työtä. Mikaelille oudompaa, mutta ei kuitenkaan täysin vierasta. Saku oli tässäkin ympäristössä kuin kala vedessä. Sellaista ympäristöä ei tainnut ollakaan, missä Saku ei olisi ollut kuin kala vedessä. Ensimmäinen hevoskuljetusvaunu tuli pihaan. Mikael ja Sanna menivät vastaan. Mikael hoiti paperihommat ja Sanna talutti tottuneesti hevosen sisälle.

- Miten kaunis hevonen, Sanna taputteli ratsua ja katsoi, että sillä oli syötävää ja juotavaa.

Kauan hän ei ehtinyt hevosen kanssa seurustella, kun tuli jo seuraava auto. Trafiikkia jatkui useita tunteja. Sanna ei ehtinyt ajatella jaksamista tai väsymistä. Hän hörppäsi vesipullosta ja painoi taas eteenpäin.

- Tuo oli viimeinen, Mikael tuli sisälle. - Tänään ei tule enää muita.

Sanna oli harjaamassa viimeksi tullutta hevosta, jotta se tuntisi olonsa tervetulleeksi. Tallilla oli rauhallista. Eläimet näyttivät kotiutuneen hyvin.

- Mitä ihmettä täällä tapahtuu? Vanessa ryntäsi oves-

124

ta sisään pienen matkalaukkunsa kanssa.

Hän oli tullut suoraan lentokentältä. - Onko kaikki kunnossa?

- Kuinka sinä jo siinä olet? Mikael kömpi esiin heinäpaalien seasta.

- Sain peruutuspaikan aikaisempaan koneeseen. Apua sentään, mikä soppa tästä syntyi.

- Olisi tullut soppa, elleivät Sanna ja Saku olisi tulleet auttamaan, Mikael sanoi. - Ilmeisesti olen nyt loppuelämäni Sannan orja, tuli nimittäin luvattua jotain sellaista. Olin aamulla ihan paniikissa.

- Varmasti, olisin minäkin ollut, Vanessa sanoi.

Sanna ja Saku tulivat tervehtimään Vanessaa.

- Veljeni, Sanna sanoi ja osoitti Sakua.

Vanessa halasi ensin lujasti Sannaa ja sitten muitta mutkitta myös Sakua.

- Kiitos. Kiitos teille molemmille. En tiedä, kuinka voin korvata tämän, mutta menen ainakin lämmittämään saunan. Pääsette pesulle.

Vanessa kääntyi vielä katsomaan Sakua ja väläytti hänelle hurmaavan hymyn. Sanna kohotti kulmiaan ja vilkaisi veljeään, joka näytti nauttivan tilanteesta.

- Että vielä tuollainenkin yllätys... päivä se vaan paranee, Saku myhäili.

Päivä oli kuitenkin ollut todella raskas. Sanna oli aivan poikki. Hän jätti työvaatteet eteiseen ja kävi pikaisesti suihkussa. Miehet aikoivat mennä saunaan, mutta Sanna oli liian väsynyt. Hän jäi tuvan sohvalle odottamaan ja nukahti.

Sanna heräsi siihen, kun parivaljakko tuli sauna-puhtaina tupaan. Vanessa oli laittanut takkaan tulet ja valmisteli ruokaa. Hyvät tuoksut saivat Sannan mahan murisemaan. He eivät olleet syöneet sitten runsaan aamiaisen. Mikael tuli istumaan Sannan viereen.

- Valtiattareni. Mitä haluat orjasi tekevän?

Mikaelin kauniit silmät katsoivat Sannaan ja Sanna tunsi suurta hellyyttä.

- Jos vaikka ruokaa nyt ensin. Katsotaan niitä muita tehtäviä sitten myöhemmin.

- Sanasi on lakini.

Saku istui jo pöydässä Vanessaa vastapäätä. Heillä näytti juttu luistavan yllättävän luontevasti. Saku oli tottunut vieraisiin ihmisiin ja heitti herjaa vaikka aidanseipäästä. Sanna seurasi heidän jutteluaan ja huomasi Vanessan nauravan paljon ja koskettelevan Sakun kättä. Mitä tuossa oikein tapahtuu? Ei kai Saku aio yrittää iskeä Vanessaa? Vai toisinpäin?

Mikael huomasi, että Sanna tuijotti vakavana pöydässä istuvaa paria. Mies hymähti.

- Kumpaa sinä suojelet? Sakua vai Vanessaa?

Sanna käänsi katseensa Mikaelin hymyileviin kasvoihin.

- Miten niin?

- Näenhän minä mitä tuolla pöydässä tapahtuu. Nuo kaksi pitävät toisistaan. Nyt sinä huolestut, että joku polttaa näppinsä. Ellei peräti särje sydäntään...

Sanna oli melkein varma, että se ei olisi Saku.

- Olen huolissani Vanessasta. Saku on reissumies.
- Mitä jos annetaan aikuisten ihmisten pitää huolen itsestään.

He liittyivät seuraan ja söivät mahtavan aterian. Ruuan jälkeen Saku alkoi tehdä lähtöä takaisin hotellille.
- Voit sinä tännekin jäädä yöksi, Mikael sanoi.
- Sanna ainakin jää, etkö jääkin?
- Minä voisin lähteä viemään Sakun kaupunkiin, Vanessa sanoi. - Tulen aamulla takaisin. En halua jäädä tänne kolmanneksi pyöräksi... Vanessa sano: ja katsoi Sannaa ja Mikaelia vihjailevasti.
- Ilman muuta, Saku oli heti valmis. - Mennään. Oli mukava päivä, kiitos.

Saku lähti Vanessan perässä ovesta ulos.
- Mitä luulet, että matkalla tapahtuu? Mikael sanoi, kun he jäivät kahden.
- Se on selvääkin selvempää. Enemmän huolettaa mitä aamulla tapahtuu.

Sanna päätti kuitenkin tällä kertaa jättää murehtimisen ja keskittyi vain ja ainoastaan omaan hyvään oloonsa Mikaelin kainalossa.

8

Suhteet sekaisin

Aamulla Vanessa oli jo tallilla, kun Sanna heräsi. Sanna meni auttamaan hevosten hoidossa. Hän mietti, uskaltaisiko kysyä jotain Sakusta. Ennen kuin hän ehti sanoa mitään, Vanessa sanoi:

- Saku on aivan ihana. Taisin vähän ihastua.

Sanna ei sanonut mitään. Hän harjasi hevosta ja toivoi asian jäävän tähän.

- Saku sanoi lentävänsä illalla takaisin Lappiin, mutta hän tulee Liisan häihin, Vanessa jatkoi.

Sanna ei vieläkään sanonut mitään. Jos Saku nyt pilaa hänen juttunsa Mikaelin kanssa leikkimällä Vanessan tunteilla, hän ei antaisi Sakulle sitä koskaan anteeksi.

- Miksi et sano mitään? Vanessa kysyi. - Et kai loukkaantunut, kun minulla on sutinaa veljesi kanssa?

- En tietenkään, aikuiset ihmiset tekevät mitä tekevät, Sanna sanoi, vaikka pelkäsi pahinta.

Sanna toivoi ehtivänsä vielä puhua Sakun kanssa ennen tämän lähtöä. Hän halusi kuulla Sakun näkemyksen asiasta.

Palatessaan sisälle, Sanna löysi Mikaelin puhelimesta. Hän kirjoitti kalenteriin jotain. Keikkoja... ehti Sanna ajatella. Kuinkahan pitkiä tällä kertaa.

Mikael nousi ja tuli suukottamaan Sannaa.

- Vanessa sanoi äsken, että on ihastunut Sakuun, Sanna sanoa töksäytti, vaikka eihän asia kuulunut sen enempää Sannalle kuin Mikaelille.

- Ahaa? Sehän on kiva juttu, vai?

- Niin...

Sanna oli levoton. Tuntui, että asiat eivät nyt sujuneet Sannan toivomalla tavalla.

- Heittäisitkö minut kotiin? Haluan nähdä Sakua vielä ennen kuin hän lähtee kotiin. Eilen ei ehditty jutella. Pitää varata lennotkin Liisan hääjuhlaan. Isä ja äitikin on nimittäin kutsuttu.

Mikael hämmästyi Sannan äkkinäistä tokaisua ja näytti pettyneeltä, mutta ei sanonut mitään.

- Ilman muuta. Syödään ensin, tein aamiaista.

Sanna oli hiljainen. Hän oli rakkaansa kanssa, mutta silti hänellä oli jotenkin tyhjä olo. Olivatko he pari? Vai satunnaisia tuttavia? Ystäviä? Kun hän nyt lähtisi, milloin hän näkisi Mikaelin seuraavan kerran?

Mikael katseli Sannan vakavia kasvoja.

- Mikä on? Vanessa ja Sakuko sinua huolettaa?

- Joo. Tai ei. Sanna ei tiennyt, miten ilmaisisi asiansa ilman, että kuulostaisi joltain vaativalta naikkoselta.

- Pidän sinusta paljon, ihan hirveästi, Sanna aloitti.

- Mutta...? Mikael jatkoi ja myös hänen kasvonsa vakavoituivat.

- Mikä meidän kahden tilanne on? Haluatko sinä olla

129

minun kanssani? Olemmeko pari? Seurustelemme-
ko? Näetkö itsesi minun kanssani myös tulevaisuu-
dessa? Minun täytyy saada tietää. Ne kaksi viikkoa
epätietoisena oli silkkaa kidutusta.

Mikael käänsi katseensa alaspäin ja Sannan sydäntä
vihlaisi. Mies ei ollut valmis vakavaan suhteeseen.

- En minä tiedä, mitä sinä minulta odotat? Mikael
sanoi. - Tykkään siitä, että olet lähelläni. Sinun
kanssasi kaikki on helppoa. Olet hauska. Ja valtavan
kaunis.

Sanna kuunteli Mikaelin tunnustusta, mutta ei löy-
tänyt rivien välistä mitään, mikä olisi viitannut min-
käänlaiseen sitoutumiseen. Tuon litanian voi sanoa
jokaiselle yhden yön tuttavuudelle ja oli varmasti
sanottukin. Sanna ei epäillyt, etteikö Mikaelin sän-
gyssä riittänyt tyttöjä.

- Lähden kotiin. Sanna nousi lähteäkseen. - Jos voit
ajaa minut nyt kaupunkiin.

Mikael nousi hiljaisena pöydästä. Tunnelma oli
yhtäkkiä muuttunut kylmäksi, eikä hän saanut kiinni,
mikä oli mennyt pieleen. Ei kai hän sentään kosi-
maankaan voi ruveta tässä vaiheessa? Mitä Sanna
häneltä oikein halusi?

He ajoivat vaitonaisina kaupunkiin. Perillä Sanna
antoi pikaisen suukon ja nousi autosta.

Kotona Sanna soitti Sakulle.

- Tule tänne, kun lähdet hotellilta.

- Käskystä, kersantti Karoliina.

Puolenpäivän jälkeen Saku ilmestyi kapsäkkeineen Sannan ovelle.

- Kone lähtee vasta kahdeksalta. Meillä on hyvin aikaa, käydään ainakin syömässä, Saku sanoi ja katsoi Sannaa tarkemmin. - Mikä nyt on? Missä kultapoju on, komea Maikkeli? Raaskitko jättää hänet sinne? Ei minun takiani olisi tarvinnut...

Sanna istahti sängylle ja huokasi.

- Kysyin Mikaelilta aamulla suoraan haluaako hän olla kanssani? Seurustella, olla pari. Hän siinä sitten sönkötti, että ei tiedä mitä minä oikein haluan. Mitäkö haluan? Haluan hänet kokonaan, omakseni! En halua olla mikään satunnainen "hoito" monien muiden tyttöjen joukossa.

Sannaa alkoi itkettää. Hän kaipasi Mikaelia jo nyt. Saku oli kerrankin vakavissaan. - Etkö sinä nyt tee kärpäsestä härkäsen? Mitä sinä itse haluat? Naimisiinko? Voihan olla, että sinä tulet toisiin aatoksiin, kun tutustutte paremmin? Taidan olla Mikaelin puolella tässä asiassa.

- Niin tietenkin olet, kun itse pyörität kymmeniä naisia samaan aikaan, Sanna kivahti. - Vanessakin sanoi aamulla, että on ihastunut sinuun. Niin hauska yö teillä oli. Taas yksi tyttö särkee sydämensä.

- Sanoiko Vanessa tosiaan niin... Saku alkoi hymyillä. - Ihastunut?

Sanna katsoi veljeään, joka hymyili kuin idiootti posket punaisina. - Älä nyt väitä, että sinäkin ihastuit? Tuota ei usko kukaan.

Saku ei sanonut mitään, hän kaivoi puhelimen tas-
kustaan. Hän soitti johonkin.
- Vanessa? Huomenta. Sanna tässä kertoi juuri äs-
ken, että sinä olet ihastunut minuun? Onko se totta?
Sanna katsoi kauhuissaan hullua veljeään. Ei noin
voi tehdä. Lisäksi hän nolaa Sannan. Mutta Saku
kuherteli puhelimessa varmaan viisi minuuttia ja
lopuksi sopi treffit ravintolaan.
- Vanessa on ihana tyttö. En silti ehdota hänelle
naimisiinmenoa. Ehkä myöhemmin... Laita sinäkin
jäitä hattuun, sisko kulta. Älä piinaa Mikaelia pa-
risuhdekeskusteluilla. Tutustukaa rauhassa ja nautti-
kaa. Näkeehän sen kilometrin päähän, että mies par-
ka on aivan rakastunut sinuun.
- Rakastunut?
- No rakastunut, rakastunut. Kai minä näin, miten
Mikaelin naama venähti, kun luuli sinulla olevan
poikaystävän. Nyt teet niin, että sinä elät omaa elä-
määsi, Mikael elää omaansa. Et odota mitään, katso
mitä tapahtuu. Miehet ovat joskus vähän hitaita.
Paitsi minä: tajusin heti, että Vanessa on minulle se
oikea.
Sanna ei tiennyt, oliko Saku tosissaan vai oliko
tämä taas joku omituinen vitsi. Hän jäi kuitenkin
miettimään Sakun sanoja. Ehkä hän oli ollut jälleen
hieman nopea johtopäätöksissään. Heidän suhteensa,
jos sellaista edes oli, oli alkutekijöissään. Aika näyt-
täisi, tulisiko siitä mitään.
- Minusta voisimme nyt vaan mennä ravintolaan

näiden ihanien sisarusten kanssa, Saku ehdotti. - Ei tuhlata kallisarvoista aikaa kiukutteluun. Soitatko sinä vai soitanko minä?

Parin tunnin päästä he istuivat pöydässä nelistään. Sannaa kadutti, että oli ollut niin ynseä Mikaelille. Sakun puhuttelu oli tehnyt hyvää. Vanessa ja Saku olivat ilmiselvästi pihkassa toisiinsa. "Pihkassa" oli varsin lievä ilmaus, niin ilmeistä oli näiden kahden flirttailu. Ruuan jälkeen he nousivat pöydästä.

- Nähdään lentokentällä, Saku sanoi. - Siis jos tulette saattamaan. Me menemme Vanessan kanssa hoitamaan pari asiaa sitä ennen. Näkemiin!

Mikael ja Sanna katsoivat toisiaan. Molempia alkoi hymyilyttää.

- Pari asiaa... Mikael sanoi.

Mikael kääntyi Sannan puoleen. - Mitä sinä haluat tehdä? Vienkö sinut kotiin?

Aamun viileä tunnelma oli vielä tuoreessa muistissa.

- Mennään meille. Haluan viettää kaiken mahdollisen ajan sinun kanssasi, Sanna sanoi. - Sanon näin silläkin uhalla, että ahdistut ja karkaat.

Mikael näytti helpottuneelta. - Luulin, että suutuit aamulla.

- Niin minä suutuinkin. Sitten Saku piti minulle puhuttelun, ettei miehiä saa piinata parisuhdehöpinöillä. Joten olet nyt minun puolestani vapaa.

133

- Vapaa?

- Juuri niin, sinä elät omaa elämääsi ja minä omaani, Sanna sanoi reippaasti. - Varoitan: Aion siitä huolimatta ainakin yrittää roikkua sinussa kuin iilimato...

- Olet sinä outo tyttö... Mikael naurahti. He lähtivät ravintolasta. Mikaelin auto oli kadun varressa.

- Poiketaanko Liisalla? En ole käynyt siellä pariin päivään? Sanna sanoi. - Vai haluatko näyttäytyä minun seurassani? Sinä tunnet Liisan, hän voi vetää liian pikaisia johtopäätöksiä...parisuhteista vaikka...

- Auts, Mikael lausahti. - Ansaitsin tuon.

Mikael otti Sannan käden käteensä ja antoi suukon.

- Mennään vaan Liisan luo.

Liisa avasi oven ja hämmästyi. - Siinähän ovat kaksi lempi-ihmistäni!

- Entä minä, sentään sulhasesi...? kuului Klausin ääni olohuoneesta.

- No sinä tulet heti siinä perässä, Liisa nauroi. - Top kympissä olet.

Oli ihana nähdä miten vanhan pariskunnan huumori sopi yhteen. Sanna ei epäillyt, etteikö heillä olisi vielä monia onnellisia vuosia edessä. Klaus nousi tervehtimään. Mikä herrasmies, ajatteli Sanna.

- Tämä pari on minun ansiostani yhdessä, Liisa ilmoitti Klausille ykskantaan. - Näin heti, että siinä on toisilleen sopivat ihmiset. Molemmat herttaisia, ahkeria ja kauniita. Hiukan jouduin kyllä juonittelemaan…

Sannan piti pinnistellä, että sai pidettyä suunsa kiinni. Mikael hymähteli, mutta ei sanonut mitään. Ehkä Liisan mieltä ei kannattanut pahoittaa sanomalla, etteivät he mikään pari ollut. Ja kukaan ei tiennyt, olisivatko koskaan, Sanna mietti apeana.

- Häävalmistelut taitavat olla loppusuoralla, Liisa sanoi. - Hoidatko ne vanhempiesi matkaliput ja varaukset? Pääseekö veljesi juhliin? Pyysin myös Lindan. Hän soitti minulle perjantaina, kun oli palannut kotiin.

Sanna punastui. Hän ei ollut muistanut Lindaa ollenkaan. Tosin Lindakaan ei ollut soittanut hänelle.

- Kuinka Linda voi? Sannan oli pakko kysyä. Häntä pelotti, että Saku oli aiheuttanut vielä jotain ylimääräistä Lindan murheisiin.

- Mainiosti, Liisa sanoi. - Loma teki hyvää. Tyttö on taas täynnä tarmoa. Hän aikoo muuttaa toukokuussa Ruotsiin, Tukholmaan.

Sanna päätti soittaa Lindalle heti, kun pääsisi kotiin.

- On siinä mukava pari, Mikael sanoi, kun he lähtivät ulos. - Ja tottahan Liisa puhuu: En olisi tavannut sinua, jos Liisa ei olisi järjestänyt niitä kummallisia sokkotreffejä.

Mikael katsoi lämpimästi Sannaa ja sillä hetkellä Sanna uskoi, että Mikael välitti hänestä.

Kotona Sanna soitti Lindalle. Totta tosiaan, Linda oli pirteä. Hän ei maininnut Sakua, joten ilmeisesti sen suhteen kaikki oli kunnossa.

- Sain siirron Tukholmaan, olen innoissani, Linda hehkutti. - Se on juuri mitä tarvitsen nyt: maiseman-vaihdoksen. Uudet ihmiset, uusi kaupunki. Ehkä tällä koko hirveällä episodilla oli tarkoitus. Kiitos Sanna, että olet ollut hyvä ystävä.

Mikael oli keittänyt sillä aikaa kahvia ja istui San-nan ainoassa nojatuolissa. Hän pyöritteli kädessään biologian oppikirjaa.

- Mikä tämä on? Mikael nosti kirjan ilmaan, kuin se olisi ollut joku raskauttava todiste rikoksesta.

Sanna hämmentyi. Hän ei tiennyt, kertoako opiske-luhaaveestaan vai ei. Vai oliko se edes haave? Tosi kaukainen haave, ellei peräti saavuttamaton.

- Se on kirja.

- Sen verran minäkin ymmärrän, vaikka en varsinai-sesti lukumiehiä olekaan.

Sanna meni Mikaelin syliin istumaan. Samalla hän teki päätöksen, ettei koskaan ostaisi toista nojatuolia.

- Klinikan eläinlääkäri antoi sen. Hän heitti ilmaan villin ajatuksen, että lähtisin opiskelemaan eläinlää-käriksi. Aivan hullua...pähkähullua. Ihan kuin mi-nusta olisi siihen, Sanna naurahti hermostuneena.

Tämä oli ensimmäinen kerta, kun hän sanoi asian ääneen kenellekään. Mikael oli hetken hiljaa, kunnes sanoi: - Sinusta tulisi erinomainen eläinlääkäri.

- On häviävän pieni mahdollisuus, että pääsen si-

136

sään. Hakijoita on paljon.

- Missä eläinlääkäriksi opiskellaan? Mikael kysyi.

- Joudutko muuttamaan jonnekin kauas?

- Miten niin, tuleeko ikävä... Eihän opiskelu kestä kuin kuusi vuotta.

- Kuusi...Mikael näytti käsittelevän tietoa. - Kuusi vuotta on pitkä aika. Pitkä aika olla erossa. Liian pitkä. Saatat löytää komean lääkärin, joka nappaa sinut.

- Nappaa? Sanna nauroi. - Johan nyt. Varo, alat kuulostaa siltä, kuin haluaisit olla minun kanssani, suhteessa, parisuhteessa.

- En tiedä suhteista, mutta ajatus, että lähdet kauas pois tuntuu pahalta, Mikael sanoi vakavana.

Sanna halasi Mikaelia. - Helsinki on ainoa paikka, missä voi opiskella, joten ei tarvitse lähteä mihinkään. Ensin pitäisi päästä yliopistoon ja se onkin vaikea temppu. Katsotaan nyt.

- Suhteista puheen ollen...Mikael jatkoi epävarmasti. - Pidätkö yhteyttä ex-mieheesi?

Mistäs tuo nyt tuli, Sanna mietti. Mikael ei vaikuttanut olevan kiinnostunut Sannan entisistä suhteista eikä vähimmässäkään määrin mustasukkainen. Pelkästään jo Pekan ajatteleminen tuotti tuskaa Sannalle. Häntä oli loukattu pahoin. Ero oli ollut nopea, eikä Pekasta ollut kuulunut sanaakaan sen jälkeen, kun hän lähti uuden naisensa kanssa. Sanna oli yllätetty täysin. Hänelle jäi nöyryytetty olo.

- Pekasta ei ole kuulunut pihaustakaan, Sannan ääni

värähti.

Hän ei halunnut puhua asiasta. Vasta Mikaelin tavattuaan Sanna oli alkanut vähitellen toipua.

- Jos hän tulisi nyt Suomeen ja pyytäisi sinut takaisin, menisitkö? Antaisitko anteeksi?

Sanna katsoi Mikaelin silmiin ja tunsi rakkautta.

- Antaisin anteeksi. Olen antanut anteeksi, mitä muutakaan voin. Eihän toisen sydäntä voi kahlita, jos tällainen klisee sallitaan. Hän rakastui toiseen, ei voi mitään. Mutta en missään nimessä palaisi Pekan luo, vaikka hän olisi viimeinen mies maailmassa, Sanna puuskahti. - Ehkä meidän ei alun perinkään olisi pitänyt mennä yhteen. Olen oikeastaan onnellinen, että kävi näin.

Aika kului nopeasti ja oli lähdettävä lentokentälle. Saku ja Vanessa tulivat kyytiin Vanessan asunnolta. Pariskunta istui takapenkille ja oli selvää, että heillä oli ollut onnistunut viikonloppu yhdessä. Sanna ei tiennyt, mitä tästä kaikesta piti ajatella. Sakun koko elämä oli Lapissa, Vanessa oli juuri perustanut yrityksen etelään. Välimatkaa oli melkein tuhat kilometriä.

Mikael ja Sanna hyvästelivät Sakun autossa, Vanessa meni saattamaan Sakua portille.

- Mitä ajattelet Sakun ja Vanessan jutusta? Sanna kysyi Mikaelilta.

- Jutusta? Enpä oikeastaan mitään, Mikael vastasi.

- Miehet... Sanna tuhahti.

- Naiset... Mikael naurahti ja suuteli Sannaa.

Vanessa palasi autoon ja Sanna näki, että häntä itketti. He ajoivat vaitonaisina kaupunkiin.

- Pääsisitkö, Sanna, huomenna auttamaan tallille? Vanessa kysyi, kun he olivat perillä. - Aion ehdottaa sinulle työsopimusta. Tilanne on nyt se, että tarvitsen jonkun.

- Tulen, ilman muuta. Puhutaan huomenna.

Sanna vaistosi, että Vanessalla oli vaikeaa puhua. Miten suhteesta voi tulla noin vakava yhdessä viikonlopussa? Kunpa Saku ei olisi nyt tyrinyt mitään.

- Tuletko meille? Mikael kysyi, kun Vanessa lähti.

- Hessu pitää ulkoiluttaa, "minua odotetaan", jos muistat.

- Voisin tullakin, kun kerran pyydät noin kauniisti. Haen jotain tavaroita kotoa. Työvaatteet, jos tiedossa on hevostenhoitoa.

- Ota biologian kirjakin, Mikael muistutti. - En tosin tiedä, jääkö sinulle aikaa lukea, kun vaadin aika paljon huomiota.

Sanna naurahti, eikä hänellä ollut mitään sitä vastaan, että Mikael vaatisi hänen huomiotaan, päinvastoin.

Myöhään illalla Sanna soitti Sakulle. Saku oli päässyt kotiin ja valmisteli jo huomista moottorikelkkasafaria.

- Vanessa oli kovin itkuinen, Sanna nosti heti kissan pöydälle.

- Ei lähtö ollut helppo minullekaan, Saku sanoi.

Sanna oli odottanut naureskelua ja pelleilyä. Sakun

vakavuus yllätti Sannan. Maailmankirjat olivat sekaisin: Saku oli rakastunut?

- Vai niin, Sanna sanoi. - Ikävä tilanne.

- Miten niin ikävä tilanne? Saku hämmästyi. - Tämähän on mahtavaa! En ole koskaan tuntenut mitään tällaista, yhtä aikaa ihanaa ja kauheaa. Minulla on valtava ikävä sitä tyttöä. Riudun kaipauksesta. Kyllä. Olen onnekas, että saan kokea tämän.

- Olet outo, Sanna sanoi, mutta oli mielissään. Ainakaan Saku ei ollut käyttänyt hyväkseen Vanessaa. Saku oli kyllä ihmeellinen mies. Hän osasi ottaa ilon irti eron tuskastakin? Olikohan Sakulla joku kromosomihäiriö tai sairaus? Täytyy muistaa kysyä äidiltä, onko Saku pudonnut puusta pienenä.

Aamulla Mikael oli hereillä ennen Sannaa. Takassa oli tulet ja kahvit keitetty.

- Kuule... minun pitää huomenna lähteä muutamaksi päiväksi reissuun, Mikael sanoi varovasti, kun Sanna istui pöydässä sämpylää voidellen.

Sanna avasi suunsa, mutta sulki sen. Sitten hän hymyili Mikaelille niin kauniisti kuin osasi: - Selvä!

Mikael ei ollut varma, mitä tuo kaunis hymy tarkoitti, taisi olla sarkasmia.

- Etkö aio edes kysyä mihin menen? Mikael jatkoi.

- Taistelen kovasti sitä vastaan, että kysyisin. Etkö näe, miten ponnistelen, Sanna vastasi. - Ei vapaata vangita voi? Eikö me niin sovittu?

- Siinä tapauksessa kerron oma-aloitteisesti, että

käyn Savonlinnassa. Tulen viikonlopuksi takaisin. Helppo keikka ja hyvä palkka.

- Sopii minulle, Sanna sanoi sovittelevasti.

Mikaelilla oli työnsä. Hän tarvitsi rahaa siinä missä Sannakin.

- Voit olla täällä, jos haluat. Vanessa aikoo kuitenkin nakittaa sinut tallille koko viikoksi. Tänne ei tule busseja.

- Niin... se voisi olla järkevää. Voin huolehtia Hessustakin, niin Vanessan ei tarvitse.

Sanna lähti tallille. Vanessan auto oli tullut hetkeä aiemmin pihaan. Hän oli jo työn touhussa.

- Huomenta, Sanna huuteli. - Etkö tule kahville?

- Huomenta. Ajattelin ruokkia hevoset ensin.

Vanessa näytti hyväntuuliselta, vaikka eilen kauniit kasvot olivat olleet surulliset. Sanna ryhtyi töihin ja pian hevosten aamutoimet oli saatu kuntoon. He lähtivät sisälle. Mikaelilla oli aamupala valmiina.

- Täällä kodin hengetär onkin jälleen loihtinut herkut pöytään, Vanessa huudahti. - Kiitos.

Sannan oli pakko mennä halaamaan miestä. Hän ajatteli halailla nyt varastoon. Pian olisi edessä yksinäisiä päiviä ja öitä.

- Senkin kyyhkyläiset, Vanessa puuskahti.

Sannaa nolotti. Vanessalla oli varmasti paha mieli Sakun takia ja tässä hän halaili miestään onnellisena. Hän irrottautui Mikaelista.

- Seis, Mikael huudahti ja veti Sannan takaisin lähelleen. - Katso muualle, komensi Mikael Vanessaa.

Vanessa nauroi. - Jatkakaa ihan rauhassa. Ei minua häiritse.

Ennen hevosten ulkoilua Sanna ja Vanessa keskustelivat, miten työt järjestettäisiin. Sanna oli nyt vapaa kokoaikatyöhön ja voisi olla varahenkilönä Vanessalle. Hevosia oli nyt niin monta, että Vanessa pystyi maksamaan kunnon palkkaakin. Sanna kertoi ideastaan hakea eläinlääketieteelliseen. Jos hän saisi opiskelupaikan, se muuttaisi kaiken. Opiskelun ohessa Sanna ehtisi tehdä vain osa-aikaisia töitä.
- Tuen sinua, tietenkin, Vanessa sanoi. - Jos pääset sisään, arvioidaan tilanne uudelleen. Meillä on kuitenkin monta kuukautta vielä siihen. Joten...tervetuloa tiimiin!
- Mikael! Lähdetäänkö ratsastamaan? Sanna huusi. - Hevosia pitää liikuttaa. Nyt ei ole edes kylmä.
- Hmm. Se voisi olla hauskaa. Minä tarvitsen sitten jonkun säyseän hepan, Mikael sanoi.
- Minäkään en ole ratsastanut vuosiin. Otetaan molemmat säyseät hepat. Vanessa varmaan auttaa.
Pian he olivat jo tallilla satuloimassa hevosia. Vanessa vei muut hevoset aitaukseen.

Hevosten käsittely tuli Sannalle jostain selkäytimestä. Hän oli viettänyt teininä talleilla aikaa satoja tunteja, hoitanut hevosia, ratsastanut ja luonut lantaa. Työllä hän maksoi harrastuksensa. Sanna auttoi Mikaelia saamaan hevosensa kuntoon.
- Hummani hoi, joko mennään? Mikael hyppäsi ke-

peästi suuren hevosen selkään. Sanna oli vaikuttunut. Taisi Mikael narrata, kun antoi ymmärtää, ettei mukamas osaa ratsastaa. He kiersivät muutaman kierroksen aidatulla alueella, mutta pian se kävi tylsäksi.

- Mennään metsään, talon takaa lähtee tasainen polku, missä voi ratsastaa turvallisesti, Mikael sanoi. Vanessa avasi portin. Miten ihanaa Sannasta olikaan päästä pitkästä aikaa hevosen selkään! Miksi ihmeessä hän oli koskaan edes lopettanut. No, siksi, koska Pekka inhosi hevosia, eläimiä ylipäänsä ja siksi, kun se oli kallista. Nyt hän nautti täysin rinnoin. Talvea oli vielä jäljellä, mutta lisääntyvä valo sai luonnon hehkumaan. Lenkin jälkeen he olivat hengästyneitä, mutta innoissaan.

- Tämä pitää ottaa tavaksi, Mikael sanoi.

- Mielellään, koska eläimet tarvitsevat liikuntaa joka päivä.

Onneksi omistajat ja tallitytötkin liikuttavat hevosia. Nämä kauniit eläimet olivat onnekkaita. Niistä pidetään hyvää huolta. Harjauksen jälkeen hevoset pääsivät ruokailemaan ja levolle. Sanna leperteli ratsulleen, silitti sen kaulaa ja nuuhki sen ihanaa hajua.

- Et sinä minua koskaan nuuhki noin intohimoisesti, Mikael oli tullut ovelle ja naureskeli Sannan touhuille.

- Ehkä nyt nuuhkin, kun haiset hevoselle, Sanna hymyili.

He viettivät illan yhdessä. Aamulla Mikael lähtisi matkaan ja olisi poissa koko loppuviikon.

Sannan päivät kuluivat tallilla kuin siivillä. Heillä synkkasi Vanessan kanssa ja työt sujuivat vaivatta. Keskiviikkona Lindakin tuli tallille, hän halusi ratsastaa. Oli hienoa nähdä Lindan toipuneen niin hyvin. Sanna oli kertonut Lindalle olevansa talleilla töissä. Jostain syystä hän ei halunnut kertoa Mikaelista vieläkään.

Ratsastuksen jälkeen kolme naista juttelivat ja keskustelu johti Liisaan, hänen rooliinsa naisten elämässä.

- Liisa muutti elämäni, sanoi Sanna vakavana. - Ilman häntä säälisin itseäni yksiössäni, luultavasti työttömänä, näkkileipää syöden. Tämä koko vuosi on ollut ihmettä ihmeen perään.

- Liisa muutti minunkin elämäni, Vanessa sanoi.

- Hänen ansiostaan sain lisää asiakkaita. Nyt tässä hevosbisneksessä on jotain järkeäkin. Ilman Liisaa olisin ollut syksyyn mennessä konkurssissa.

- Entäs minun? huudahti Linda. - Olisinko ilman Liisaa edelleen Teron moukaroitavana? Vai tärisisinkö kotona sohvannurkassa pelokkaana? Onneksi hän patisti minut sinne Lappiin. Sannalle ja Sannan vanhemmille kuuluu kiitos myös. Sakukin ansaitsee kiitokset, hän sai minut todellakin heräämään taas eloon. Hänen ansiostaan uskon edelleen miessukupuoleen.

Hemmetin hemmetti, ajatteli Sanna. Pitikö Saku vetää tähän keskusteluun. Hän vilkaisi nopeasti Vanessaa. Vanessan ilme oli valpas.

- Saku? Sannan veli Saku?

- Niin Saku, ihana Saku, Linda hymyili. - Tein kaikki temput, mitä osasin, jotta saisin sen komistuksen sänkyyni, mutta turhaan. Hän oli täydellinen herrasmies, Linda huokasi. - Hauska ja ystävällinen, mutta en saanut häntä syttymään. Luovutin ja toivoakseni olemme ystäviä.

Linda ei huomannut, miten Vanessan leukapielet kiristyivät.

- Käydään vielä kahvilla, ennen kuin lähdet, Sanna ehätti sanomaan ja veti Lindan mukaansa.

Hän selittäisi Vanessalle myöhemmin koko jutun. Tuvassa Linda yritti urkkia, kenen talo oli. Sanna sanoi, että Vanessan veljen, joka oli matkoilla. Sanna sai asua täällä, jotta pääsi töihin. Sen enempää Sanna ei halunnut asiasta avautua.

- Nähdään Liisan häissä, Linda sanoi, kun teki lähtöä. - Mukavaa, että asiat järjestyvät.

Lindan auto oli tuskin ehtinyt kadota pihasta, kun Vanessa syöksyi tupaan.

- Onko Sakulla ollut jotain Lindan kanssa? Ja nyt, puhu totta.

- Asia on, kuten Linda sanoi. Linda yritti, mutta Saku ei halunnut.

Vanessa romahti sohvalle.

- Miten on edes mahdollista, että olen näin toivotta-

145

man rakastunut siihen hölmöön. Koskaan ennen ei
ole käynyt näin, voihki Vanessa. - Mitä minulle oi-
kein on tapahtunut? Saku varmaan naurattaa naisia
tälläkin hetkellä.

- Epäilemättä, Sanna sanoi. - Nimenomaan "naurat-
taa", se on hänen työtään ja hän on siinä hyvä.

Vanessa katsoi Sannaa suurilla, kauniilla silmil-
lään. Ei ihme, että Saku oli myyty nuo silmät näh-
dessään. Vanessa alkoi hymyillä. - Todellakin! Sa-
kun kanssa vain on niin hauskaa.

Sanna pohti, mitä näistä sekavista suhteista seuraa.
Hän ei ollut varma omastaan Mikaelin kanssa, vielä
vähemmän Sakun ja Vanessan etäsuhteesta. Ainoa
varma asia oli, että Liisa ja Klaus vihitään parin vii-
kon päästä.

9

Joku sanoo "tahdon"

Ihanaa, perjantai, ajatteli Sanna herätessään. Mika-
el tulee kotiin. Hessu seisoi sängyn vieressä ja tapitti
Sannaa.

- Huomenta, Hessu, onko jo kiire ulos? Odotas, kun
puen päälle.

Sanna laski Hessun ulos. Vanessa ei ollut vielä
tullut tallille. Aivan kuin ilmassa olisi jo ollut hiukan

kevään tuoksua? Taisi olla toiveajattelua.

Sanna oli kohdistanut kaiken tarmonsa opiskeluun, kun Mikael oli poissa. Mikael soitti yleensä illalla, hän ei tekstaillut ja puhelutkin olivat aika lyhyitä. Sannalla oli hyvä tunne pääsykokeista. Hän tunsi hallitsevansa koealueen, mutta jää nähtäväksi kuinka käy.

Vanessa oli saanut vielä pari hevosta lisää ja paikat alkoivat olla täynnä. Hän oli palkannut läheiseltä tilalta vielä "rengin" auttamaan raskaammissa töissä. Kaiken kaikkiaan yritys oli menossa hyvään suuntaan ja homma toimi.

Iltapäivällä Sanna palasi ratsastamasta, kun näki tutun auton kääntyvän pihaan. Hän heilautti kättään iloisena. Hän vei hevosen talliin ja alkoi riisua siltä satulaa.

- Eikö mies saa muuta kuin kädenheilautuksen, kun palaa kotiin pitkältä reissulta... Mikael oli tullut Sannan perässä talliin. Hänellä oli puku ja pitkä takki päällään.

- Varmasti saa, Sanna hymyili, - mutta oletko varma, että haluat hevoselta haisevan halauksen? Taidetaan olla hieman eri paria? Skarppi pukumies ja lannalta haiseva tallityttö?

- Okei...Mikael myönsi, - mutta tule heti, kun saat hevosen hoidettua.

- Riippuu siitä, mitä pomo sanoo, Sanna sanoi.

Vanessa oli tullut tervehtimään veljeään.

- Pomo sanoo: Ei missään nimessä lähdetä töistä kesken kaiken, ainakaan miesten perässä, Vanessa nauroi.

Sanna tiesi, ettei häntä pidättelisi mikään. Hänellä oli ollut valtava ikävä. Nyt kun Mikael oli taas maisemissa, hän ei päästäisi irti, ennen kuin olisi pakko.

Viikonloppuna Sanna meni sovittamaan häämekkoaan. Hän sai sen samasta paikasta, kuin sinisen asun Liisan juhliin. Kaasona Sannalla oli velvollisuuksia, kuten Liisan asusta huolehtiminen. Kaikki näytti kuitenkin sujuvan ilman kommelluksia. Sannan vanhemmat ja Saku tulisivat pari päivää ennen juhlaa Helsinkiin. Saku yöpyisi Vanessan luona, vanhemmat Sannan yksiössä. Sannalle oli järjestynyt vapaata, jotta hän ehtisi esitellä kaupunkia vanhemmilleen.

Häitä edeltävät viikot olivat työntäyteisiä. Mikael oli paljon poissa. Lainanlyhennys painoi päälle ja parhaat tulot sai keikoista päivärahoineen. Sanna ja Vanessa uurastivat tallilla. Vaikka työ oli fyysisesti rankkaa, Sanna nautti päivistä. Hän oli ollut pari päivää klinikallakin tuuraamassa, mikä oli mahtavaa sekin. Elämä oli solahtanut uomiinsa ja Sanna oli onnellinen. Maaliskuu oli lopuillaan ja jännittävä päivä lähestyi.

Sannalla oli sovittu tapaaminen Liisan kanssa häiden kenraaliharjoitusten merkeissä. Klausin tytär ja lapsenlapset olivat paikalla myös. Vaikka Liisa ei

kovin uskonnollinen ollutkaan, hän suostui kirkko-
vihkimiseen Klausin takia. Hääpari oli rento ja hy-
väntuulinen. He eivät ottaneet juhlista minkäänlaisia
paineita. He iloitsivat, että saisivat läheiset ympäril-
leen ja viettäisivät hauskan päivän. Klaus oli jo käy-
tännössä muuttanut Liisan luo.
- Miltä nyt tuntuu? Sanna kysyi Liisalta, kun he oli-
vat kahden kesken.
- Hyvältä. Kaikki on, niin kuin pitääkin. Miltä sinus-
ta tuntuu?
- Hyvältä. Ei vaan erinomaiselta. En voi käsittää,
mikä onnenpotku oli, kun satuin paikalle, kun lensit
pyrstöllesi silloin vuoden vaihteessa, Sanna ihmette-
li. - Elämäni sai kokonaan uuden suunnan, sinun
ansiostasi, Liisa.
Sanna halasi Liisaa ja tunteet nousivat pintaan.
- Minunkin elämäni lähti parempaan suuntaan sen
onnettomuuden jälkeen, niin hullua kuin se onkin,
Liisa tunnusti. - Olihan Klaus "piirittänyt" minua jo
vuosia, mutta vasta silloin pääsin elämässä eteen-
päin. Jotain ihmeellistä tapahtui.

Juhlapäivänä Mikael haki Jaguarin jo aamulla. Hän
hoitaisi hääparin kuljetukset.
- Ei sitten mitään hölmöjä kenkiä ja tölkkejä kolise-
maan, Liisa komensi. - Pesussa voit käyttää.
Liisaa oli paras totella.
Sanna ja Liisa kävivät yhdessä kampaajalla ja mei-
kissä.

- Olemmepa me kauniita, Liisa sanoi, kun he seisoivat peilin edessä juhlakampauksissaan ja -asuissaan. - Korusikin pääsee nyt oikeuksiinsa. Se on todella kaunis.

Sanna kosketti riipustaan ja tunsi kiitollisuutta.

- Kiitos, Liisa, aivan kaikesta, Sanna sanoi.

- Höpsis, tyttö. Kaikki on hyvin.

Ovikello soi. Sanna meni avaamaan. Mikael, Vanessa ja Saku astuivat sisälle.

- Kaunis morsian, huokasi Vanessa. - Kaasokin näyttää oikein hyvältä.

- Eikö vain ollakin kauniita, Liisa sanoi. Hänellä ei ollut tapana kursailla turhia.

- Liisa, tässä on veljeni, Saku.

Saku näytti komealta puvussaan. - Kuuluisa Dame Liisa, hauska tutustua, Saku sanoi hymyillen hurmaavasti. - Ja kiitos kutsusta, en tiedä, mitä olen tehnyt ansaitakseni sen, mutta en jäisi pois mistään hinnasta. Onnittelut hääpäivän johdosta.

Liisa hymyili hyväksyvästi. Hän katseli tutkivasti vuorotellen Vanessaa ja Sakua, sitten Sannaa ja Mikaelia. Nuoret yrittivät olla naama peruslukemilla, mutta ei tarvinnut olla selvänäkijä huomatakseen, mitä oli meneillään. Rakkautta ei voi piilottaa.

- Vai niin, vai niin, myhäili Liisa itsekseen. - Turhaa yrittää huiputtaa vanhaa kettua. "Love is in the air"…

Liisa meni Sannan kanssa Mikaelin kyytiin, Vanessa ja Saku hakivat Sannan vanhemmat. Klausin per-

he ja loput ystävät nähtäisiin kirkossa. Nyt Sannaa
alkoi jännittää. Esiintymistilaisuudet eivät olleet
hänen juttunsa. Saku oli saanut kaikki esiintymis-
geenit heidän perheessään. Sanna ei pitänyt siitä, että
oli katseiden kohteena. Hän pelkäsi mokaavansa ja
pilaavansa koko seremonian.

- Hyvin se menee, Liisa sanoi kuin olisi lukenut
Sannan ajatukset. - Kohta kaikki on jo ohi.

Vieraat olivat jo kirkossa, kun päähenkilöt saapui-
vat. Klaus ja Liisa kävelisivät alttarille Sanna ja
Klausin tyttärenpoika vanavedessään. Mikael meni
istumaan Sakun ja Vanessan viereen. Linda heilutti
Sakulle takarivistä. Vanessan otsa kurtistui.

- Draamaa… ehti Sanna ajatella, mutta sitten piti
keskittyä vihkikaavaan.

Kaikki sujui hyvin, kuten Liisa oli ennustanut. Ku-
kaan ei pyörtynyt, eikä sormus lentänyt lattialle.
Seuraavaksi lähdettiin juhlapaikalle. Liisa oli kieltä-
nyt kolisevat tölkit, mutta oli Vanessa laittanut Jagu-
arin konepellille tyylikkään ruusukkeen ja nauhoja.

- Edes jotain pitää olla…hääauto sentään.
Ilmeisesti Liisa hyväksyi koristeen, kun oli hiljaa.
Klaus ja Liisa menivät takapenkille, Sanna Liisan
vaatimuksesta eteen. - Tietenkin avustajani tulee
mukaan autoon. Ei sitä tiedä, milloin jalat pettää
alta.

Juhlapaikka oli kauniisti koristeltu. Klausin perhe
oli tehnyt hyvää työtä. Sanna meni Liisan kanssa

takahuoneeseen hetkeksi hengähtämään ennen ruo-
kailun ja ohjelman alkua.

- Miten menee? kysyi Sanna. Liisa näytti hieman
väsyneeltä.

- Täytyy istahtaa. Vaikka ottaisi lyhimmän mahdol-
lisen vihkikaavan, on sekin ihan hiton pitkä, Liisa
manaili. - Mutta kyllä minä tämän päivän jaksan.
Taitaa olla viimeiset omat häät tässä elämässä.

Kun he palasivat saliin, puheensorina oli jo mel-
koinen. Väki näytti tutustuvan toisiinsa rohkeasti ja
kaikilla oli hauskaa.

Liiankin hauskaa? Sanna huomasi, että Linda oli
bongannut Mikaelin ihmisjoukosta. Nainen keimaili
ja hymyili miehelle aivan estottomasti. Linda oli
kaunis minihameessaan ja avonaisessa paidassaan.
Sannan sydäntä vihlaisi. Näinkö tässä kävisi? Hän
menettäisi miehensä ystävälleen?

Liisa seurasi Sannan lasittunutta katsetta ja näki
Lindan Mikaelin kimpussa.

- No voi hemmetti. Linda! Linda hoi! Liisa huusi
Lindalle. - Tule tänne.

Mikael ja Linda kääntyivät katsomaan heidän suun-
taansa. Linda lähti tulemaan heitä kohti. Samaan
aikaan Klaus kutsui kaikki ruokailemaan. Mikael jäi
sivummalle odottamaan.

Linda tuli Liisan luo ja rutisti tätä. - Onnea! Aivan
ihanat juhlat. Kiitos, että kutsuit minutkin.

- Ilmeisesti voit jo paremmin?

- Oi, voin, voin todella hyvin. Odotan Tukholmaa jo

innolla.

Liisa odotti turhaan, että Sanna sanoisi jotain Mikaelista. Tyttö oli kuin halvauksen saanut. Omastaan täytyy pitää kiinni, Liisa oli sitä mieltä. Sanna ei hävinnyt Lindalle millään mittareilla, mutta tuntui jotenkin kutistuvan kasaan Lindan lähellä, mikä ihmetytti Liisaa.

– Tapasitkin näköjään jo Mikaelin? Liisa pamautti ja Sanna katsoi häntä kauhuissaan.

– Ai tuo hurjan söpö kundi tuolla ikkunan vieressä? Tapasin, todellakin. Aivan ihana. Koitan onneani vielä ruokailun jälkeen, Linda sanoi hävyttömästi ja Sanna punastui punastumistaan. Kohta hän syöksyisi huoneesta ulos, se oli varmaa.

– Ikävä kyllä, tuo mies on varattu, Liisa sanoi painokkaasti. – Jätä hänet rauhaan.

– En minä ketään naista ole nähnyt hänen kanssaan, Linda sanoi Liisasta piittaamatta. – Ei miestä väkisin viedä. Katsotaan, kuinka käy.

Hävytön tyttö, ajatteli Liisa, mutta nieli harminsa. Oikeassahan Linda oli. Jos mies on vietävissä, niin vieköön. Sannan piinaa vain oli kovin tuskallista seurata vierestä.

Sanna saattoi Liisan pöytään Klausin viereen. Tarjoilija hoiti hääparin ateriat. Sanna lähti etsimään Mikaelia. Hänen olisi pakko kerätä itseluottamuksensa rippeet Lindan itsevarman käytöksen jälkeen. Se oli vaikeaa. Pian Sanna huomasi Mikaelin ja heidän katseensa kohtasivat. Sanna hymyili. Hymy

153

hyytyi, kun hän näki Lindan purjehtivan huoneen poikki Mikaelia kohti.

Sanna pysähtyi niille sijoilleen. Linda sen sijaan oli jo tavoittanut Mikaelin ja kiinnittyi tämän käsipuoleen. Sanna ei ollut sitä tyyppiä, joka alkaisi tapella miehestä. Ei hän tapellut Pekastakaan. Sydän särkyi, eikä hän tiennyt miksi hänet jätettiin, mutta silti: menköön, jos on mennäkseen.

Nyt Sanna kuitenkin komensi itsensä liikkeelle. Päättäväisesti hän marssi Mikaelin ja Lindan luo.

- Olettekin tavanneet? Mikael, tässä on Linda; Linda, Mikael.

Lindan hämmästynyt ilme oli näkemisen arvoinen. Nainen ei tuntunut tietävän, mitä Sanna tarkoitti. Lindalla ei kuitenkaan ollut tapana luovuttaa ilman taistelua, joten hän ei päästänyt irti Mikaelin käsipuolesta.

- No mistäs te sitten tunnette? Linda kysyi jo hieman haastavasti. Sannan ilmestyminen apajille näytti hieman ärsyttävän lupaavaan alkuun päässyttä Lindaa. Sanna katsoi Mikaelia kuin hukkuva pelastajaansa. Jos Mikael ei nyt sanoisi mitään, olisi hän hävinnyt tämän pelin.

Mikael irrotti päättäväisesti kätensä ja kietoi sen Sannan ympärille. Hän ojensi toisen kätensä Lindalle kätelläkseen: - Mikael, hauska tavata, ja tässä on tyttöystäväni Sanna. Te tunnettekin.

Samalla hän kääntyi antamaan suudelman Sannalle.

Jos Linda kiivastui, se ei näkynyt ulospäin lain-

kaan. Hän keräsi itsensä kasaan nopeasti ja hymyili.
- Niinkö? Ihanko totta? Sanna, miksi et ole kertonut mitään? Linda moitti.
Linda vetäisi Sannan sivummalle.
- Sanna, nyt minua kyllä nolottaa. En tietenkään olisi yrittänyt Mikaelia, jos olisin tiennyt, että olette yhdessä. Kaiken sen jälkeen, mitä olet tehnyt hyväkseni. Anteeksi. Mutta tunnethan sinä minut. Kiinnitin huomiota upeaan mieheen ja päätin kokeilla onneani. Ei kai mitään saa, jos ei yritä? Onneksi olkoon. Olette upea pari.
Enempää hän ei näyttänyt asiaa miettivän. Levottomana hän katseli väkijoukkoa, löytyisikö sieltä uutta seuralaista. Onneksi Saku ja Vanessa istuivat jo pöydässä, eikä heidän lähellään ollut tilaa. Mikael ja Sanna jäivät seisomaan paikoilleen, kun Linda jo pyyhälsi eteenpäin.
- Kiitos, Sanna sanoi.
- Mistä?
- Että sanoit minua tyttöystäväksesi.
Koska ruokajono oli vielä melkoinen, he menivät hetkeksi eteiseen. Sanna oli niin kuohuksissa tapahtumista, että hän tarvitsi hetken rauhoittuakseen.
- Melkein kuolin, kun näin sinut Lindan kanssa, Sanna tunnusti.
- Lindan "kanssa"? Nainen tuuppasi itsensä iholle lupaa kysymättä. Harvinaisen aggressiivinen tapaus. En ole ennen törmännyt moiseen.
- Sinä saat hätistellä naisia ympäriltäsi joka paikassa,

Sanna sanoi apeana. - Täälläkin.

- Silmäsi ovat erikoisen kauniit, kun vaivut melan-koliaan...Mikael kiusasi. - En silti halua, että olet surullinen. Sitä paitsi liioittelet... Mikael sanoi.

- Meitä miespuolisia on täällä häissä aika rajattu valikoima. Suurin osa on 80v. ylittäneitä, joten en nyt vetäisi mitään johtopäätöksiä erityisestä veto-voimasta, Mikael nauroi.

- En yleensä tappele miehistä, mutta nyt olisin tais-tellut, Sanna sanoi uhmakkaasti.

Mikael hymyili. - Olen iloinen, kai, mutta ei sinun tarvitse ryhtyä mihinkään tappeluun. Minä näen vain sinut, Sanna.

Juhlat jatkuivat ja tunnelma vain nousi. Hääpari halusi kuitenkin lähteä jo kotiin.

- Jatkakaa, komensi Klaus. - Baari on auki, juhlikaa kuin viimeistä päivää!

Hurraahuutojen säestämänä pari lähti ulos. Mikael ja Sanna lähtivät viemään pariskuntaa kotiin.

Sanna saattoi heidät ylös asuntoon, Mikael jäi odot-tamaan autoon.

- Mikael sanoi minua tyttöystäväkseen, Sanna kuis-kasi Liisalle.

- Tietenkin sanoi, tyttö hyvä. Oletko sinä viimeinen, joka tajuaa, miten ihana nainen sinä olet ja onnekas se mies, joka sinua saa kutsua tyttöystäväkseen.

Sanna toivotti hauskaa loppuiltaa onnelliselle paril-le. Mikael ajoi Jaguarin seuraavaksi Sannan asunnol-le. Sanna hakisi sieltä muutamia tavaroita, koska oli menossa Mikaelille yöksi.

- Haluatko palata juhliin? Mikael kysyi.
- En oikeastaan. Haluatko sinä?
- En. Mieluummin menisin kauniin tyttöystäväni kanssa kotiin... jos tiedät, mitä tarkoitan.

Sanna hymyili. - Selvä. Tule mukaan. Jätä auto oven eteen siksi aikaa.

He kävelivät käsi kädessä ovelle, kun pylvään takaa tuli esiin mies.

- Pekka? huudahti Sanna. - Mitä ihmettä sinä täällä teet?

Pekka katseli vuorotellen Sannaa ja Mikaelia, eikä näyttänyt saavan kiinni, mistä on kyse. Talon eteen pysäköity Jaguar oli ilmiselvästi hääauto.

- Onko tuo hääauto? Pekka kysyi.
- On, vastasi Mikael.
- Kuka meni naimisiin? Pekka kysyi, mutta siihen hän ei saanut vastausta. - Tulin tapaamaan sinua, Sanna, mutta ajoitukseni näyttää olevan huono.
- Miksi sinä tulit tapaamaan minua? Sanna kysyi ja oli onnellinen, että Mikael oli hänen kanssaan. Ilman Mikaelia hän olisi saattanut sortua kuuntelemaan Pekan selityksiä.

Pekka pälyili Mikaelia. - Oikeastaan haluaisin puhua kahden kesken. Voidaanko mennä ylös kahdestaan?

- Se ei käy, Mikael sanoi. - Tyttöystäväni on minun kanssani.
- Tyttöystävä? Pekka hämmästyi. - No sinähän olet

157

kiirettä pitänyt. Siitä ei ole vuottakaan, kun erottiin.
- Erottiin? Sinähän jätit minut. Kiirettä pitänyt? Us-
koakseni sinulla oli tyttöystävä jo ennen kuin olim-
me eronneet, joten sinä se vasta kiirettä pidit, Sanna
alkoi tuohtua. - Mitä sinä haluat, Pekka?
  Pekka kiemurteli. - Näytät hyvältä, Sanna. Todella
upealta. En muistanutkaan, kuinka kaunis olet.
  Liian vähän, liian myöhään, ajatteli Sanna. Hän
halusi vain päästä äkkiä pois tästä kiusallisesta tilan-
teesta.
- Soitan sinulle, Pekka sanoi vielä. - Erosin Jannasta.
- Älä soita, en vastaa. Minulla ei ole sinulle mitään
sanottavaa, Sanna sanoi ja avasi oven.
  He menivät Mikaelin kanssa sisään Pekan jäädessä
tuijottamaan heidän peräänsä.
- Etkö halua tietää, mitä asiaa hänellä on? Mikael
kysyi, kun he pääsivät sisälle.
- En. En todellakaan, en halua nähdä tuota tyyppiä
enää ikinä, Sanna puuskahti.
  Samalla hän totesi, ettei tuntenut Pekkaa kohtaan
enää mitään, ei vihaa, ei rakkautta, ei yhtään mitään.
Ihanaa! Sanna pakkasi laukkunsa ja he lähtivät aja-
maan poikaystävän kanssa häänauhat hulmuten kohti
kotia.

  Vanessa soitti aikaisin aamulla. Sanna heräsi, vaik-
ka puhelin oli äänettömällä.
- Jaksaisitko käydä tallilla? Renki ei pääsekään kuin
vasta iltapäivällä. Ettei minun tarvitsisi lähteä aja-

maan sinne. Saku ja minä haemme häätavarat juhla-paikalta. Me tulemme sen jälkeen sinne. Voisikohan Mikael tehdä jotain ruokaa…? Jos nätisti pyydetään? Joskus yhdentoista aikaan?

- Hakisitko myös vanhempani? Heidän koneensa lähtee jo iltapäivällä.

- Ilman muuta, tehdään niin. Mikael nukkui vielä. Sannan katse viivähti suloi-sessa näyssä: vaalea hiuspehko, joka pilkisti peiton alta. Kasvoja tuskin näkyi, ne olivat syvällä tyynyn sisällä. Lievää tuhinaa, ei kuorsausta. Tulisiko jos-kus aamu, jolloin Sanna ei enää näkisi miestä rakas-tuneen naisen vaaleanpunaisten lasien läpi? Ei, se oli mahdoton ajatus. Sanna ei raaskinut herättää Mika-elia. Hän otti Hessun mukaansa ja lähti tallille.

Hevoset oli ruokittu, karsinat siivottu ja työt loppu-suoralla, kun Mikael kömpi tallille tukka pystyssä. Sanna oli alkanut pitää melkein enemmän Mikaelin turhapuro -lookista, kuin James Bondista. Sanna avasi heinäpaalia, kun Mikael tuli hänen luokseen ja kaatoi hänet heinäkasaan.

- Rivo katkelma vanhasta suomalaisesta elokuvas-ta…Mikael sanoi ja suuteli Sannaa.

- Irstas renki hiippailee kainon piian kimppuun, Sanna sanoi, mutta ei näyttänyt olevan lainkaan pa-hoillaan asiasta.

- Miksi et herättänyt? Olisin tullut auttamaan.

- Ai joo, Vanessa soitti aamulla ja pyysi sinua tekemään ruokaa. Jos viitsit. He hakevat vanhempani tänne myös.

Mikael ampaisi istumaan. - Moneltako?

- Joskus yhdentoista aikaan kai...

Mikael vilkaisi kelloaan. - Kello on jo yli kymmenen. Minun pitää mennä laittamaan perunat kiehumaan.

- "Perunat kiehumaan"...Sanna alkoi naurattaa ihan hirveästi. - Perunat kiehumaan? Todellako? Entä kaino piika? Heinäkasa?

Mikael vilkaisi Sannaa kuin aprikoiden, olisiko aikaa pieneen hellään hetkeen, mutta nousi sitten reippaasti ylös. - Ei auta. Perunat eivät odota. Tule auttamaan, kun saat täällä työt valmiiksi.

- Pyh!

Sanna ravisteli heinät vaatteistaan.

Jostain pakastimen kätköistä Mikael oli löytänyt herkullisen lihapadan, joka tuoksui jo tuvassa, kun Sanna tuli suihkusta. Sanna alkoi kattaa pöytää.

- Ei sinun olisi tarvinnut nähdä näin paljon vaivaa... Sanna sanoi kattamisen lomassa.

- Haluan näyttäytyä edullisessa valossa vanhempiesi edessä, Mikael vastasi. - Eilen jäi tutustuminen aika vähiin. Jännittää.

Sanna vilkaisi Mikaelia. Jännittää? Mikaelin olemus oli aina niin "cool", ettei Sanna uskonut hänen jännittävän yhtään mitään. Hän sen sijaan jännitti aina ja kaikkea.

Vähän yhdentoista jälkeen Vanessan auto tuli pihaan. Sanna ja Mikael menivät vastaan.
- Onpas täällä jo keväistä, Sannan äiti sanoi. - Meillä on vielä metri lunta. He menivät sisälle ja istuivat ruokapöytään. Saku ja Vanessa käyttäytyivät kuin vanha aviopari.
- Hieno paikka sinulla, Sannan isä sanoi Mikaelille.
- Käydään tarkastamassa tilukset, kun on syöty. Ja Vanessan talli ja hevoset myös.

Sannasta oli mukavaa saada kerrankin koko perheensä saman pöydän ääreen. Se oli harvinaista. Välimatka oli pitkä. Joskus hän mietti, oliko tehnyt virheen, kun lähti etelään. Tänään se ei kuitenkaan tuntunut virheeltä. Hänellä oli turvallinen ja onnellinen olo.

Mikael näytti rentoutuneen, kun edessä ei ollutkaan kolmannen asteen kuulustelu. Yksi kysymys sai kuitenkin Mikaelin vaivautumaan. Äiti kysyi hänen vanhemmistaan. Vanessa vilkaisi veljeään ja sanoi:
- Isä kuoli, kun olimme pieniä. Minä en muista siitä mitään. Äiti jatkoi elämäänsä ja on ollut sen jälkeen parikin kertaa naimisissa. Emme pidä juuri yhteyttä. Minä ja Mikael ollaan sitten kahdestaan pieni perhe. Pidetään huolta toisistamme.

Sanna oli kuullut Mikaelin ja äitinsä huonoista väleistä. Ikävää, mutta joskus vain on parempi katkaista suhteet, jos se helpottaa omaa elämää.

Ulkona oli aurinkoinen päivä ja kevät kauneimmillaan, kun he kiersivät tontilla. Sanna kulki äidin kanssa muun porukan perässä.

- Osaatko sanoa, mikä tuo Sakun ja Vanessan juttu on? äiti kysyi. - Eivätkö he vasta tavanneet? Aivan kuin he olisivat jo vuosia naimisissa tai jotain? En ole koskaan nähnyt Sakua tuollaisena. Outoa.

- Ihan samaa ajattelin, huudahti Sanna. - Ja en tosiaankaan tiedä. Ehkä se oli rakkautta ensi silmäyksellä? Vanessa on ihana tyttö.

- Niin on sinun Mikaelkin ihana poika…äiti sanoi ja Sanna punastui. - Miksi et ole kertonut?

- Kaikenlaisia mutkia ollut matkassa… Sanna vastasi vältellen.

- On silti hassua, että samasta perheestä löytyy rakkaat molemmille lapsille, äiti sanoi. - Olisiko kohtalolla sormensa pelissä? Ehkä Sakukin muuttaa kohta etelään ja me jäämme isän kanssa kaksin.

Sanna ei voinut kuvitellakaan, että Saku muuttaisi pohjoisesta. Paljon pitää tapahtua, että sellainen visio toteutuisi. Tosin, paljon oli jo tapahtunut.

Kierroksen ja kahvin jälkeen Vanessa ja Saku lähtivät viemään vieraita lentokentälle. Sannalle tuli hieman haikea olo hänen heiluttaessaan kuin pieni lapsi isälle ja äidille. Milloin he mahtaisivat nähdä seuraavan kerran?

- Kerroitko vanhemmillesi, että aiot opiskelemaan? Mikael kysyi, kun he jäivät kahden.

- Kerroin, Sanna sanoi. - Äiti hämmästyi. Hän oli luullut, etten ole kiinnostunut yliopistosta. Enkä tainnut ollakaan lukion jälkeen. Nyt hän kannusti ja lupasi auttaa mahdollisuuksien mukaan.

Sanna soitti vielä Liisalle ja kiitti juhlista.

- Onko kaikki hyvin? Tulenko käymään? Tarvitsetteko jotain?

- Ei tarvitse tulla, kiitos, minullahan on nyt aviomies, joka täyttää jokaisen toiveeni... Liisa nauroi.

- Vastustan...! kuului Klausin ääni taustalta.

Voi hyvä tavaton noita kahta, ajatteli Sanna.

- Voiko Jaguar olla vielä täällä?

- Voi olla, Klaus ei aja, enkä minä. Me voisimme tulla ensi viikolla käymään siellä, jos sopii. Meillä on Vanessan kanssa vähän bisneksiä.

- Sopii, soita, kun tulen hakemaan.

10

Ja sitten tuli kevät - ja kesä

Liisalla ja Vanessalla oli todellakin suunnitelmia, suuria, suuria suunnitelmia. He aikoivat rakentaa maneesin tallin viereen. Oikein kunnon maneesin, ei mitään kokoon taittuvaa pressuhallia. Liisa aikoi sijoittaa siihen huomattavan summan. Osakeyhtiöön hankittaisiin myös muita sijoittajia. Mikael pääsisi osakkaaksi tontin hinnalla, Sannalla nyt ei ollut rahaa yhtään mihinkään, mutta hän oli hengessä mukana. Jos kaikki menee hyvin, rakennustöihin päästäisiin jo syksyllä.

Sanna jatkoi pääsykoekirjojen pänttäämistä. Hän todella halusi opiskelemaan. Vanessa oli jo visioinut, miten heidän talleillaan olisi oma eläinlääkäri hoitamassa hevosia. No, se oli vielä aika kaukainen visio.

Mikael alkoi vähentää keikkojaan kesää kohti mentäessä. Tilalla oli paljon hommaa, heinätöitä, talon korjausta, hevosten metsäpolutkin piti kunnostaa, kun asiakkaita oli jo niin paljon. Tila työllisti jo monta ihmistä kokopäiväisesti.

Mikael oli pyytänyt Sannaa muuttamaan luokseen. Asunnon irtisanominen oli kuitenkin jäänyt, Sanna ei tiennyt, mitä pelkäsi. Säästyneet vuokrarahat tulisivat kuitenkin tarpeeseen, joten toukokuussa hän oli virallisesti Mikaelin kämppäkaveri. Vai avovaimo? Tyttöystävä nyt ainakin.

Sannan sänky oli viety vieraskammariin. - Se on kuitenkin ihan hyvä sänky, huomautti Sanna.

Mikael ei kiistänyt asiaa, vaikka unet olivat jääneetkin vähälle siinä sängyssä.

Aurinko paistoi korkealta. Sanna istui tallin portailla silmät kiinni ja nautti lämmöstä. Vuosi sitten hän ei olisi uskonut, että hänen elämänsä voisi joku päivä olla näin täyttä ja ihanaa.

- Sanna!

Mikael tuli häntä kohti laatikko kädessään. Aurinko häikäisi, eikä Sanna nähnyt, mitä mies kantoi käsissään. Mikaelin piti olla naapurissa sopimassa hevosten kengityksistä, eikä touhuta mitään laatikkoleikkejä. Hän laittoi laatikon Sannan syliin.

- Mikä tämä on?

Sanna nosti laatikon reunat ylös ja mitä ihmettä?

- Kissanpentu?

Sanna nosti pienen otuksen syliinsä. Se oli pieni, sisukas karvapallo. Kaunis oranssi veitikka.

- Onko tämä meidän? Hän on ihana. Onko se tyttö vai poika?

- Kai tuleva eläinlääkäri tuommoisen asian selvittää, Mikael heitti huolettomasti.

- Eli et tiedä, Sanna nauroi. - Ja kyllä, näyttäisi olevan tyttö. Eihän toista Hessua voisi samaan taloon tullakaan. Mitähän Hessu sanoo pikkusisaresta?

Koira kuuli nimensä mainittavan ja nousi ylös. Se tuli haistelemaan tulokasta. Kauan se ei kuitenkaan jaksanut kiinnostua vikisevästä rääpäleestä.

Sanna nousi ja antoi suukon Mikaelille. - Kiitos. Minulla on ollut ikävä kissaani, kissaa. Kyllä maalaistalossa pitää kissa olla. Tosin tämä tassuttelija nukkuu meidän välissä sängyssä.

- Hmm, Mikael rypisti otsaansa. - Se jää nähtäväksi.

Kissa nimettiin Peppi Pitkätossuksi oranssin turkkinsa mukaan.

165

Sannan yllätykseksi Saku oli alkanut järjestellä asioitaan siihen suuntaan, että pääsisi muuttamaan Vanessan luo viimeistään syksyllä. Kuuma suhde ei osoittanut viilenemisen merkkejä, päinvastoin. Pariskunnalla oli suuria tulevaisuudensuunnitelmia, jopa lapset oli mainittu. Kesän ajan Saku matkusti etelästä pohjoiseen ja takaisin niin usein kuin voi. Sanna oli iloinen, että sai veljensä lähelleen. Hiukan huoletti, miten heidän vanhempansa suhtautuisivat asiaan. Sakulle oli töitä tallilla, mutta hänellä oli tekeillä myös ohjelmapalveluita ryhmille.

Linda oli päässyt kiinni Tukholman työhönsä ja oli siellä elementissään. Poikaystäviä tuli ja meni. Ehkä Teron kanssa tapahtunut oli hiukan rauhoittanut Lindan hulluimpia päähänpistoja. Sanna oli iloinen hänen puolestaan. Heidän maailmansa olivat kuitenkin kaukana toisistaan, joten puhelut harvenivat koko ajan. Linda todennäköisesti jäisi Ruotsiin vuosiksi, kenties kokonaan.

Tänään oli sitten se päivä, kun lääketieteellisten alojen valintatulokset julkaistaisiin. Sanna oli ollut kuin tulisilla hiilillä jo monta päivää. Hän kävi netissä aamuin ja illoin, joskus päivälläkin, katsomassa olisivatko nimet jo näkyvissä. Eivät olleet. Ajatukset sinkoilivat sinne tänne. "Ei maailma kaadu, vaikka en pääsisikään". Sanna oli kuitenkin tehnyt hurjasti töitä opiskelun eteen. Jos hän ei pääsisi sisään, pettymys olisi valtava. Tuskin hän enää ensi vuonna yrittäisi. Nyt tai ei koskaan. Tänään selviäisi, mihin suuntaan elämä lähtisi menemään.

Mikael näki, miten kiihtynyt Sanna oli. Sannan vuoksi hänkin toivoi, että nimi löytyisi listalta.

- Rauhoitutaan nyt vähän, Mikael veti Sannan syliinsä nojatuoliin, joka oli tuotu tupaan Sannan asunnosta. Tuolilla oli suuri tunnearvo. Hirveännäköinen vanha rötiskö, mutta Sanna ei ollut suostunut heittämään sitä pois.

Sanna aikoi ensin vastustella, koska oli aikeissa mennä tuijottamaan tietokoneen ruutua. Hän antoi kuitenkin periksi ja kietoi kätensä Mikaelin kaulaan.

- Onneksi olet olemassa, Sanna sanoi. - Jos en pääse opiskelemaan, minulla on edes sinut.

- "Edes" minut? Mikael leikki närkästynyttä.

Sanna nauroi. - Tiedät mitä tarkoitan. Jos pitäisi valita opiskelu tai sinut, valitsisin sinut. Haluan kuitenkin molemmat. Minusta on tainnut tulla ahne. Vuosi sitten minulla ei ollut mitään, ei työtä, rahaa, miestä, toivoa... Nyt minulla on kaikki ja haluan aina vain lisää. Onko se liikaa?

- Vaatimattomuus on yliarvostettua, Mikael sanoi.

- Anna palaa vain.

Heidän kuhertelunsa keskeytyi, kun Vanessa ja Saku rymistelivät sisälle.

- Olisihan se pitänyt arvata, että täällä se pariskunta istuu ja pussailee, kun toiset raatavat hikisinä heinätöissä, Saku riemastui. - Mutta saatte tällä kertaa anteeksi, onhan juhlan aika. Liisa ja Klaus tulevat tänne iltapäivällä kakun kanssa.

167

- Kakun...? Sanna ihmetteli.
Kenellä oli syntymäpäivä?
- No kakun, kakun. Kai sitä opiskelupaikkaa pitää
jotenkin juhlia, Saku intti.
- Opiskelupaikan? Sanna nousi tuolista hämmenty-
neenä. Nyt jos Saku pilaili tällaisella asialla, Sanna
suuttuisi. Rajansa kaikella.
Saku ja Vanessa tuijottivat Sannaa. - Et siis vielä
tiedä? Vanessa hymyili.
- Tiedä mitä?
- Pääsit yliopistoon, onneksi olkoon! Vanessa tuli
halaamaan Sannaa. - Minun tuleva oma eläinlääkäri-
ni.
Muutkin tulivat onnittelemaan.
- Liisa soitti äsken, kertoi nähneensä tulokset. Sinä
olit valittujen joukossa.
Sanna ryntäsi tietokoneelle. Hän päivitti sivua
kuumeisesti. Hänen oli pakko nähdä tulokset omin
silmin. Miten ihmeessä Liisa oli voinut nähdä ne
ennen Sannaa. Sanna oli tuijottanut sivua jo monta
päivää.
- Tänne pitää hankkia valokuituliittymä, netti on
liian hidas, Sanna puuskahti, kun kello vain pyöri ja
pyöri sivulla.
- Sanna puhuu asiaa, Vanessa sanoi ja katsoi Mika-
eliin. - Sinun hommiasi, tilaa sellainen.
  Vihdoin sivu avautui ja Sanna etsi listalta kuumei-
sesti omaa nimeään. Ja siellähän se oli. Sanna hen-
gähti pari kertaa syvään. Vaikka tulos oli toivottu,

Sannalle heräsi heti paljon kysymyksiä. Kustannukset, jaksaminen, pärjääminen, parisuhde. Olisiko hänellä voimia viedä läpi kuuden vuoden raskas rupeama? Mikael nosti Sannan ilmaan ja pyöritti ympäri.

- Onnea, onnea, taitava tyttö! Heinätyöt saivat jäädä siltä päivältä. Sanna antoi itselleen luvan juhlistaa tätä onnen päivää.

Iltapäivällä puutarhaan katettiin kakkukahvit ja nautittiinpa lasi kuohuvaakin hyvien ystävien seurassa. Liisa sanoi olleensa koko ajan ihan varma, että Sanna selvittää tiensä yliopistoon.

- Miltä nyt tuntuu? Mikael halusi olla hetken Sannan kanssa kahden kesken ja he istuivat varjoon ison omenapuun alle. - Tänään tapahtui paljon.

- Tuntuu aivan mahtavalta! Sanna katsoi Mikaelin silmiin, eikä voinut uskoa onneaan todeksi.

- Rakastan, Sanna sanoi.

- Rakastatko? Mikael vastasi.

- Rakastan, rakastan.

- Minäkin rakastan, Mikael sanoi.

He palasivat käsi kädessä muiden joukkoon.